Petros Markaris est un écrivain grec, né en 1937 à Istanbul. Il est romancier, dramaturge, scénariste, notamment pour le réalisateur Theo Angelopoulos, et traducteur, en particulier de Brecht et de Goethe. Petros Markaris a reçu « la médaille Goethe » en 2013. Best-sellers en Grèce et en Allemagne, ses enquêtes du commissaire Charitos connaissent le succès dans nombre de pays.

Petros Markaris

LE SÉMINAIRE DES ASSASSINS

*Traduit du grec
par Michel Volkovitch*

Éditions du Seuil

TEXTE INTÉGRAL

TITRE ORIGINAL
Σεμινάρια φονικής γραφής
Seminaria fonikis grafis

© original : Petros Markaris & ΕΚΔΟΣΕΙΣ ΓΑΒΡΙΗΛΙΔΗ, 2018
Editions Gavrielides, Athènes
langue grecque
© original : Diogenes Verlag AG, Zurich, 2018
sauf pour le grec

ISBN 978-2-7578-8993-0

© Éditions du Seuil, 2020, pour l'édition en langue française

à Vassìlis Papavassìliou,
qui m'a donné l'idée de ce roman,
et à Josefina, comme toujours

... Daß da gehören soll, was da ist,
denen, die für es gut sind

Bertolt Brecht,
Der kaukasische Kreidekreis

... que toute chose doit appartenir
à ceux qui lui sont utiles

Bertolt Brecht,
Le Cercle de craie caucasien

1

– Tassia, ma chérie, tu as devant toi un long chemin.
– En montée ?
Kalliopi étudie attentivement le fond de la tasse.
– Non, je ne vois pas de montée. Rien qu'un long chemin un peu difficile, mais au bout je vois de la lumière… Comme un soleil levant.
– Ça s'applique mieux à ton fils qu'à toi, dit Aryiro à Tassia en souriant.
– Mon fils a contacté trois universités pour enseigner en biologie, explique Tassia à Adriani, et elle se signe. Sainte mère de Dieu, si tu m'exauces, je viens te voir à Tinos avec un cierge.
La conversation sur l'avenir de Tassia et de son fils a lieu dans une auberge de Papingo.
Un matin, soudain, Adriani s'est réveillée plongée dans la nostalgie de ses racines en Épire. Comme j'ai les mêmes origines, elle m'a transmis le virus, d'où le désir de rendre visite à la terre natale. Après avoir quitté l'Épire, nous y sommes retournés seulement deux fois, en larmes. La première fois pour enterrer la mère d'Adriani et la seconde fois pour mon père. Katérina était avec nous : d'abord bébé, puis petite fille.
Nous voici donc à Papingo. Je suis maintenant dans la salle à manger de l'auberge La Grenade, en compagnie

de quatre dames, dont ma femme. Nous avons pris le petit-déjeuner, mais ces dames ont commandé un autre café grec pour que Mme Kalliopi leur prédise l'avenir. Par la fenêtre on voit les pentes imposantes du mont Astrakas, où nous tendions nos gluaux pour attraper des merles ou des cailles.

J'observe avec étonnement Adriani tandis qu'elle participe à la lecture de l'avenir. Elle a dû découvrir la divination grâce aux trois dames, puisqu'elle n'a pas pu en hériter de sa mère, qui avait ce don, comme toutes les femmes à l'époque, mais Adriani, elle, ne le pratique pas. Mais comme je passe toute la journée au boulot, je ne peux jurer qu'en mon absence elle ne court pas les cartomanciennes, les voyantes et celles qui lisent dans le marc de café, sans que j'en sache rien.

– Est-ce que tu vois un grand bâtiment ? demande Tassia à Kalliopi.

– Quel genre de bâtiment ?

– Mais l'université de mon fils, voyons.

Kalliopi redouble d'attention.

– Non, mais je vois un grand rassemblement.

– Ça doit être la commission qui se réunit pour prendre la décision, conclut Tassia, et elle se signe à nouveau. Ah, très sainte Mère…

– À votre tour, madame Adriani, dit Kalliopi, la tasse de ma femme entre ses mains.

Je choisis la fuite, n'ayant aucune envie d'entendre l'avenir d'Adriani, auquel je serai très probablement mêlé.

– Vous ne croyez pas au marc de café, monsieur Charitos ? demande Aryiro, voyant que je me lève.

– Je préfère ne pas entendre. Il pourrait m'influencer.

Adriani me lance un regard hésitant, ne sachant pas si elle doit me gronder pour avoir dit n'importe quoi, ou si j'y crois vraiment.

Sans lui laisser le temps de décider, je quitte la salle à manger pour la terrasse de l'auberge aux murs de pierre. Je respire profondément, tandis que mon regard, par-delà les arbres, atteint le sommet de la montagne.

C'est la mi-septembre, mais le temps reste doux, du moins jusqu'au coucher du soleil. Après quoi il faut trouver refuge dans un café ou un restaurant. Je ne me plains pas, nous prenons toujours nos vacances en septembre. Il nous est plus facile de passer le gros de l'été chez nous, plutôt que de nous mêler à l'exode annuel des Athéniens qui commence à la mi-juillet. Même si nous choisissions une île éloignée, ou la montagne, nous subirions le martyre du départ et du retour, les routes bloquées par les bouchons et Adriani s'écriant « sois prudent » chaque fois que je fais démarrer la Seat.

Nous avons rencontré le trio Aryiro, Kalliopi et Tassia à l'auberge. Trois retraitées, les deux premières vieilles filles et la troisième, Tassia, veuve. Elles passent toutes leurs vacances ensemble. Tout est allé très vite : les présentations dès le petit-déjeuner, et le deuxième jour nous étions inséparables. Depuis, nous formons un quintette et nos sorties s'effectuent en commun.

Je n'ai pas envie de marcher. D'ailleurs, il se peut qu'Adriani ait prévu une promenade avec sa bande et qu'elle me gronde pour mon absence injustifiée. Assis dans l'une des chaises longues, je contemple le mont Astrakas et me rappelle mon père, qui dans ses bons moments racontait ses combats sur les montagnes d'alentour, pendant la Guerre civile.

La sonnerie de mon portable interrompt mes pensées. C'est Katérina.

– Quelles nouvelles, papa ? Tout se passe bien ?

– Très bien, ma chérie. On a du soleil et ta mère s'est trouvé de la compagnie.

– Qui ça ?

– Trois dames, très sympathiques, qui m'ont choisi pour chauffeur, et je les emmène voir le pays.

– Te voilà pris au piège, dit-elle en riant.

– Comment va Athènes ?

– Comme toujours en septembre, quand tous les galériens retrouvent leur banc.

Et nous raccrochons.

Je commence à me demander combien de temps il faut pour étudier une tasse de café à fond, lorsque Adriani apparaît.

– Alors, le marc de café ?

Elle m'adresse un sourire coquin.

– Je ne te dis rien.

– Ça porte malheur ?

– C'est réservé à ceux qui y croient.

Je devine à son ton qu'elle a entendu quelque chose d'agréable, mais je n'insiste pas : je le sais, je me heurterais à un mur.

– Qu'est-ce que ça peut bien être ?

Une voix derrière nous. Elle vient du trio. Ces dames ont les yeux fixés sur une espèce de gros oiseau qui plane près du flanc de la montagne. Tandis qu'il descend, on voit son dos et son ventre blancs, alors que ses ailes et ses pattes sont rouges. Les ailes immobiles, il se rapproche du fond de la gorge. Il doit venir d'un autre continent, si c'est un oiseau.

– Un aigle ? demande Kalliopi.

– Tu rêves ! Tu as déjà vu un aigle aux ailes rouges ? répond Aryiro.

– Et avec des lunettes ? ajoute Tassia.

– Des lunettes ? s'étonne Adriani.

– Enfin, vous ne voyez pas qu'il porte des lunettes noires, comme celles des aviateurs ?

– C'est peut-être un homme ? demande Kalliopi.

– Un homme allemand, dit quelqu'un derrière nous.

C'est Maria, la patronne de l'auberge, à l'entrée.

– Ce sont des Allemands, des fous. Ils montent sur l'un des deux sommets, ils mettent leurs ailes et ils volent. Ils me disent qu'ils volent aussi sur les pentes du Smolikas, mais ça je ne l'ai pas vu.

– Seigneur, dit Aryiro, et elle se signe.

– Regardez, dit Maria.

En bas, dans les gorges, des types agitent les bras.

– Qu'est-ce qu'ils font ?

– C'est l'équipe au sol, explique Maria. Ils les aident à ôter leurs ailes et ranger le matériel. Ils sont fous, conclut-elle.

– Je ne sais pas, mais ils ont l'air de s'amuser, répond Aryiro.

– On va les voir de près ? propose Adriani.

– On ne devait pas aller à Zagori aujourd'hui ?

– On ira demain, Kalliopi, insiste Aryiro. Zagori ne va pas bouger d'ici là, tandis que ceux-là seront peut-être loin.

Tous les regards se tournent vers moi. Elles n'ont sûrement pas l'intention de marcher jusqu'aux gorges.

– Allons-y, dis-je.

D'une part, je ne veux pas leur gâcher le plaisir, et d'autre part je suis curieux moi aussi de voir ce spectacle de près.

– Mais couvrez-vous, nous conseille Maria. Il fait froid dans les gorges.

Nous montons prendre nos pulls et nos vestes, et deux minutes plus tard la Seat se met en route.

2

La voiture tangue et tressaute sur le chemin de terre. À chaque secousse, ces dames derrière poussent des petits cris l'une après l'autre. Mais moi, ce qui me préoccupe, c'est qu'avant le retour à Athènes il faudra passer chez un garagiste. Je propose :

– Et si nous laissions la voiture ? Elle avance comme une tortue.

On m'approuve à l'unanimité et je gare la Seat à côté d'un arbre. La marche n'est pas facile non plus : sur ce chemin caillouteux, le corps proteste à chaque pas. Fini l'époque où l'on allait pieds nus sur les cailloux et les rochers, me dis-je. Le seul gagnant dans l'affaire, c'est la voiture.

– Mes pauvres pieds, gémit Aryiro. Je vais rentrer estropiée à l'hôtel et demain je ne pourrai pas me lever.

– Je vous ai proposé de visiter les villages du coin, remarque Kalliopi, c'est vous qui avez voulu voir le Hollandais volant.

– Hollandais ? C'est des Allemands, tu n'as pas entendu Maria ?

Kalliopi éclate de rire, sous le regard perplexe des trois autres.

Nous arrivons au pied de l'Astrakas au moment de l'atterrissage du volatile made in Germany. Il ne se pose

17

pas comme les oiseaux ou les avions, mais debout. Deux hommes, au sol, l'accueillent par des applaudissements. Lorsque Zeppelin ôte ses lunettes, nous constatons qu'il est de genre féminin. C'est une quadragénaire qui salue son public en souriant.

– Ça alors, une femme ! s'étonne Tassia.

– Non mais je rêve ! s'exclame Aryiro.

– Pourquoi les femmes ne voleraient pas ? demande Kalliopi. Autant que je sache, les oiseaux ne sont pas tous mâles.

Nous rions tous. Les Allemands nous regardent, surpris. Les deux hommes l'air sérieux, la femme-oiseau souriante.

– Allons les féliciter, c'est plus correct. Ils peuvent nous traiter de fainéants et de parasites, mais pour l'hospitalité, nous les Grecs, on se défend.

Nous nous approchons en arborant de grands sourires. Ils nous les rendent.

– Bravo ! dit Kalliopi admirative.

– *Danke*, répond l'oiseau, qui ajoute : *Thank you*.

Aryiro s'adresse à eux en allemand. Ils sont ravis.

– Elle connaît l'allemand, comment ça se fait ? demande Adriani à Kalliopi.

– Elle l'a appris au Goethe-Institut. Maintenant, si elle le parle bien, je n'en sais rien. Si j'en juge par moi-même, qui ai suivi des cours de français à l'Institut français, ce doit être un massacre.

Je ravale mon commentaire sur mon anglais à moi, autre désastre. Ce qui me console cependant, c'est que je ne l'ai pas appris dans un institut étranger, mais à l'École de police, avec études supérieures à la Sûreté au contact des immigrés.

Aryiro s'interrompt pour nous rapporter la conversation avec les Allemands.

– C'est toute une équipe. Les autres sont allés décoller du mont Gamila. Ils aiment voler ici, l'environnement est plus amical et les gens les remarquent. En Allemagne, ça laisse froid tout le monde.

– Ils t'ont dit ce qu'ils font dans la vie ? demande Tassia.

– Ils sont professeurs à l'université. La femme enseigne la sociologie, le barbu la littérature allemande et l'homme au chapeau de paille le droit.

– Rats de bibliothèque l'hiver, chauves-souris l'été. Belle combinaison, dit Kalliopi.

Nous nous approchons pour prendre congé. Les deux hommes nous tendent aussitôt la main et cela me fait penser à Uli, qui ne salue jamais sans serrer la main. La femme se contente d'un geste et d'un sourire, ayant les bras encore attachés aux ailes.

Nous regagnons la Seat et nous y asseyons, épuisés, pour souffler quelques minutes. Les femmes derrière se frottent les pieds et les genoux avec des soupirs et des petits gémissements. La seule à rester impassible, c'est Adriani.

– Je vois que tu n'as pas perdu l'entraînement, dis-je pour la taquiner.

– Si, mais les sentiers de mon village me manquaient, alors je suis contente.

Elle se tourne vers ses amies :

– Vous comprenez maintenant pourquoi nous ne pouvons pas nous entendre avec les Allemands ?

Nous la regardons, surpris.

– Pourquoi donc ? demande Aryiro.

– Parce qu'ils planent dans les hauteurs comme les oiseaux, alors que nous on plonge vers le fond comme les poissons.

Le trio éclate de rire, et je suis le seul à rester de marbre : les saillies d'Adriani, je les entends depuis des années.

– Adriani, tu es incroyable ! dit Tassia.

– Elle est toujours brillante comme ça ? me demande Aryiro.

– Oui, mais là, d'être sur les terres de ses ancêtres, ça l'inspire encore plus.

Les autres rient de nouveau, tandis qu'Adriani me foudroie du regard.

– En tout cas, vous êtes la compagnie idéale pour les vacances, dit Kalliopi. Si j'entends maintenant dire du mal d'un policier, je vais me fâcher !

Je démarre, satisfait d'avoir eu ma part du gâteau. Cette fois j'avance au pas pour ménager non seulement mes passagères, mais la Seat.

Arrivés à l'auberge nous regagnons nos chambres pour souffler.

– « Les terres de ses ancêtres » ! N'importe quoi ! dit-elle en refermant la porte.

– Tu n'es donc jamais fatiguée ? Après ce calvaire, tu as encore la force de râler ?

– À vrai dire, moi aussi j'ai perdu l'entraînement, avoue-t-elle. Je n'ai pas gémi, mais ce n'était pas agréable et j'ai dû serrer les dents. Je vais prendre une douche, ça me détendra.

J'attends mon tour, et dès que nous avons terminé, nous écroulant sur le lit, nous plongeons dans un profond sommeil.

On frappe à la porte et j'ouvre les yeux.

Une voix chuchote :

– Monsieur le commissaire, je dérange ?

Je me lève d'un bond et m'approche de la porte.

– Non, nous ne dormons pas.

Je chuchote aussi pour ne pas réveiller Adriani.

– Vous allez rester à l'auberge ?

– Non, mais laissez-nous une demi-heure.

– D'accord. On vous attend en bas.

– Qui est-ce ? demande Adriani derrière moi.

– Nos amies. Elles veulent savoir si nous allons finir la journée ici.

– Bien sûr que non. Nous ne sommes pas venus pour rester enfermés.

Vingt minutes plus tard, nous descendons dans le petit salon où l'on déjeune le matin. Nous sommes les premiers. Puis Aryiro apparaît, bientôt suivie par les deux autres.

Kalliopi nous propose d'aller dîner dans un autre village.

– Cela remplacera la promenade du matin, dont nous ont détournés les Allemands volants.

– Où irons-nous ? demande Tassia. Il y a une quarantaine de villages dans la région.

– Adriani pourrait nous le dire, elle connaît le coin, suggère Aryiro.

– Je vous emmène dans mon village, Kato Pedina, dit Adriani, justifiant ma remarque sur la terre des ancêtres. Il y a un vieux pont, dans les gorges de Vikos, qui vaut le coup d'œil.

– Je prendrais volontiers ma voiture, dit Tassia, mais j'ai peur de me perdre. Sauf si vous voulez la conduire, monsieur le commissaire, vous qui connaissez la région.

Elle a une Toyota, toute fraîche sortie du magasin, et je ne souhaite pas faire monter ma tension en craignant de l'érafler.

– Prenons plutôt la mienne, c'est plus sûr.

Personne n'ayant d'objections, nous nous entassons de nouveau dans la Seat. Je prie pour qu'elle démarre et par bonheur elle ne me lâche pas.

Je consulte Adriani, qui connaît mieux que moi la région. Elle m'indique la petite route qui passe par Ano Pedina. La distance est courte, mais sur cette chaussée prétendument goudronnée, on s'enfonce tous les cinquante mètres et on retient son souffle.

Pour finir, guidés par Adriani, nous atteignons la grande place du village.

– C'est quoi, cette église ? demande Kalliopi en montrant un point plus loin devant nous.

– Ayos Athanassios, répond Adriani.

– On va la voir ?

– Après. On ira d'abord au pont dans les gorges, avant la nuit.

Nous laissons la Seat et poursuivons à pied. Adriani prend la tête et nous suivons à la queue leu leu comme un commando.

Le chemin n'est qu'un sentier de chèvres qui monte et descend tout le temps. Nous arrivons hors d'haleine, mais sommes récompensés par la vue. C'est un vieux pont de pierre. Nous nous y arrêtons et regardons autour de nous. À droite et à gauche se dressent les rochers des falaises au-dessus de la rivière à sec.

Les trois dames admirent le paysage, et je fais de même, car je l'avais oublié. Nous pourrions y passer des heures, mais Adriani nous ramène sur terre.

– Il faut rentrer, la nuit tombe et bientôt on ne verra plus où l'on met les pieds.

– Ce qu'on perd, tout de même, quand on vit à la ville... commente Kalliopi.

– Si tu savais ce qu'on perd quand on vit au village, réplique Adriani.

Nous prenons le chemin du retour, un peu plus à l'aise après cet échauffement. Ces dames insistent pour voir l'église avant le dîner.

Mon estomac commence à gargouiller, mais je fais contre mauvaise fortune bon cœur. Heureusement la visite ne dure pas, l'église étant sombre on ne voit pas les détails.

Un peu plus loin que l'église, nous avisons une petite taverne dans une maison de pierre.

– C'est là que vous mangiez l'été ? demande Tassia à Adriani.

– Ma chérie, nous n'avions pas de quoi nous payer la taverne, rétorque-t-elle sèchement.

Il fait doux ce soir et un groupe est attablé dehors. Kalliopi nous propose d'en faire autant.

– Il fera peut-être froid plus tard ? s'inquiète Aryiro.

– Non, en cette saison c'est supportable, répond Adriani. Nos vestes suffiront.

Le groupe en question, c'est la femme-oiseau et ses deux acolytes de ce matin. Avec eux, deux autres Allemands.

Nous échangeons sourires et poignées de main. Aryiro faisant l'interprète, on nous présente les deux nouveaux.

– Eux aussi enseignent à l'université, nous résume-t-elle.

Nous nous asseyons à la table voisine et commandons tous un *tsipouro*, sauf Adriani qui demande un verre de vin blanc.

– *Tsipouro !* s'écrient les Allemands.

Ils soulèvent leur carafon et parlent à Aryiro.

– Depuis qu'ils sont là, traduit-elle, ils en boivent tous les soirs. Ils adorent le *tsipouro*.

Le serveur sert les salades et les grillades. Nous nous jetons sur la nourriture et le silence règne sur les deux tables. Nous échangeons deux mots ici et là, plutôt par politesse, jusqu'au moment où le serveur nous apporte un nouveau carafon de *tsipouro*.

– Mais nous n'avons rien commandé ! s'étonne Tassia.

– C'est l'autre table qui l'offre, explique le serveur.

Les Allemands nous tirent d'embarras en levant leurs verres.

– *À nôdre sandé !* lancent-ils d'une seule voix.

– À notre santé, et merci ! répond Kalliopi. Mais il ne fallait pas.

Ils nous disent qu'ils repartent le lendemain. Trois d'entre eux reprennent les cours et la femme-oiseau ainsi qu'un autre ont des programmes de recherche à poursuivre.

– Ils sont venus respirer l'air des cimes et vont maintenant s'enfermer dans leurs bureaux devant leurs ordinateurs, dit Tassia. Pour tout vous dire, je les envie. J'aimerais bien que ce soit pareil pour mon fils.

– C'est-à-dire ? Qu'il saute du haut des montagnes ? la taquine Kalliopi.

– Je ne serais pas contre. Ils ont l'air de bien s'amuser.

Les Allemands prennent congé. Ils agitent la main de loin, tandis que nous terminons leur *tsipouro*.

3

Fin des vacances. Il est temps de rentrer. Nous discutons de l'itinéraire. Adriani insiste pour que nous passions par Arta et Rio. Nous partons les premiers, suivis par la Toyota des trois dames.

C'est Kalliopi qui a eu l'idée de partir ensemble, souhaitant que notre équipe reste unie lors des diverses étapes du retour. Nous partons tôt pour faire des pauses plus longues et ne pas arriver chez nous à minuit.

La route est chargée, nous avançons au pas, mais de toute façon nous n'irions pas plus vite, avec tous ces nids-de-poule.

J'allume la radio pour me calmer les nerfs et tombe sur l'une de ces émissions où les cœurs malheureux des deux sexes appellent un journaliste pour lui confier leur douleur.

– Tu mets de la musique ou tu éteins, dit Adriani, agacée.

Tassia klaxonne et je la vois dans le rétroviseur qui me fait signe. Je me gare dès que je peux, imité par la Toyota, et Aryiro vient nous parler.

– Tassia propose qu'on prenne un café à Agrinio.

– Ça va nous retarder, proteste Adriani. On trouvera ce qu'il faut à Patras. Ou si vous préférez, on peut s'arrêter après, sur l'autoroute.

– Sur l'autoroute, nous ferons sûrement un arrêt-brochettes, dit Aryiro en riant. C'est une tradition nationale.

Une telle perspective me met de bonne humeur. Adriani sait que j'ai un faible pour les brochettes, qu'elle-même considère avec dédain. La dernière fois que nous en avons mangé chez nous, c'était en 2004, lors de la finale du championnat d'Europe de football, lorsque Phanis et Katérina en ont apporté. Adriani était furieuse, mais Phanis a répliqué qu'une finale sans brochettes, c'était comme du football sans ballon, ce qui l'a laissée sans voix.

Je mets les gaz, car je suis en manque de café, et aussi de brochettes, dont je suis privé depuis des mois.

À Patras le port est bloqué par des policiers qui contrôlent personnes et véhicules. En dehors de l'espace portuaire, des immigrés sont rassemblés. Les uns regardent les entrées du port, les autres discutent entre eux.

Je m'arrête à l'une des entrées et me renseigne auprès d'un policier, par pure déformation professionnelle : ce n'est pas mon affaire et cela ne m'intéresse pas.

– Notre boulot quotidien, monsieur le commissaire, me dit le collègue. Les immigrés tentent d'entrer dans le port et de se faufiler dans un bateau, n'importe lequel. Nous, on leur court derrière et on ne s'en sort pas. Nous contrôlons aussi les camions, car beaucoup de chauffeurs routiers se font payer par les immigrés pour les embarquer clandestinement.

Nous délibérons sur le choix d'un café, mais Kalliopi et Tassia sont inflexibles.

– Je ne prends pas le café avec des immigrés sous les yeux, déclare Kalliopi. Nous en verrons assez dès demain à Athènes.

– Allons à Rio, c'est plus agréable, propose Aryiro.

Aucune objection. Nous repartons.

– Kalliopi ne pouvait pas deviner que Katérina a des immigrés pour clients, dit Adriani.

– Heureusement qu'elle ne l'a pas découvert au fond de la tasse, dis-je.

Elle me jette un regard torve.

Il nous faut une demi-heure pour atteindre Rio. Nous choisissons une cafétéria en bord de mer. D'autres groupes sont encore assis aux tables voisines.

– Ici c'est parfait, dit Tassia.

Adriani commande du thé, les trois dames un cappuccino et moi mon café grec rituel.

– Vous, monsieur le commissaire, à la Brigade criminelle, vous devez avoir souvent affaire aux immigrés ? demande Aryiro.

– Évidemment, répond Kalliopi à ma place. Ils n'arrêtent pas de s'entre-tuer.

– Il y a des immigrés criminels et d'autres qui travaillent régulièrement, dis-je sans préciser, ne souhaitant pas me lancer dans ce genre de discussion à la veille de mon retour au service.

– Si vous voulez des précisions sur les immigrés, ma fille pourra vous renseigner, intervient Adriani. Elle est spécialiste.

– Pourquoi ? demande Kalliopi. Elle travaille dans une ONG ?

– Non, elle a un cabinet d'avocats, répond sèchement Adriani, sous le regard interrogateur des autres.

Je me dépêche de calmer le jeu, craignant l'embrouille.

– Les immigrés ont beaucoup de démarches à faire. Les demandes d'asile, les permis de séjour et de travail, les contrats pour l'ouverture d'un commerce, la bureaucratie est compliquée.

– D'accord, dit Kalliopi. Mais ils ont de l'argent pour payer ?

– Pas beaucoup, mais ils en ont. La plupart arrivent avec une petite cagnotte.

– Pourquoi c'est les nôtres qui paient ? intervient Aryiro. Regarde ma nièce, qui a une petite entreprise, elle te dira combien ils lui doivent.

– En tout cas, précise Kalliopi, si je ne veux pas les voir en prenant mon café, ce n'est pas qu'ils me dégoûtent, j'en ai plutôt le cœur serré.

Comprenant tous qu'elle essaie de se rattraper, nous ne relevons pas et buvons en silence.

Nous repartons en direction de Corinthe, mais peu avant Egio nous tombons sur des travaux. On roule sur une seule voie et la queue s'étend sur trois kilomètres.

– Nous ne serons pas à Athènes ce soir, commente Adriani.

– Il n'y a pas d'autre route. On finira bien par arriver.

– Vous ne pouviez pas mettre quelqu'un pour faire circuler ?

– Vous, c'est qui ? Je travaille à la direction de la Sûreté d'Athènes. Cette route dépend de la police routière locale.

Elle n'a rien à répondre et j'ai la rare satisfaction de lui avoir cloué le bec.

Heureusement, peu avant Akrata la route s'élargit. Il nous faut deux heures encore pour arriver à Corinthe. En entrant sur l'autoroute Corinthe-Athènes je respire un grand coup. Au premier grill nous nous arrêtons, Tassia et moi, comme si l'on s'était donné le mot.

– C'est moi qui vous l'offre, annonce Kalliopi dès que nous sommes assis.

Je lui demande :

– Pourquoi toi et pas moi ?

– Je suis une vieille fille retraitée et j'ai rarement l'occasion d'offrir un repas.

Nous commandons des brochettes de calamar, deux salades et des frites. Pour ma part j'aurais préféré un gyros, avec un peu de tout dans du pain pita, mais j'aurais l'air vulgaire, mordant là-dedans, aspirant le tzatziki, et je ravale donc mon envie. Je me réjouis d'ailleurs, voyant Adriani dans le même bateau. Elle serre les dents et en prend son parti.

Nous nous jetons sur le repas, comme tous les Grecs, chez qui les déplacements provoquent toujours des boulimies, même s'il n'est question que de brochettes et de hamburgers.

– On ne va pas se perdre de vue, déclare Kalliopi. Vous rencontrer nous a fait très plaisir et nous avons passé d'excellents moments avec vous.

– Nous allons nous téléphoner pour nous revoir la semaine prochaine, dit Adriani. C'est prévu.

– Oui, intervient Tassia, mais nous voulons voir aussi le commissaire. Maintenant que tu retournes à tes malfaiteurs, n'oublie pas les trois Grâces.

Et elle rit.

Nous nous séparons sur cette promesse, suivie de grandes embrassades entre les quatre femmes.

Nous arrivons dans la rue Aristokléous après six heures. Mais ce n'est pas fini, car Adriani a rempli le coffre de sacs en plastique. Je demande :

– C'est quoi, tout ça ?

Elle touche les sacs un à un, les compte.

– Ça, c'est de la pâte feuilletée d'Épire, pour le feuilleté aux poireaux demain. Ça me rappellera ceux de mon enfance. Et Zissis ne pourra plus me regarder de haut. Ça, c'est de la féta, ça du fromage de chèvre, que je mettrai dans le feuilleté. Et ça, des aubergines.

– Des aubergines ? Nous avons une pénurie d'aubergines à Athènes ?

– Non, mais je veux faire un *imam* avec des aubergines d'Épire.

– Je suppose que nous mangerons les aubergines *imam* demain ?

– Non. Demain c'est le feuilleté aux poireaux. J'inviterai les enfants et Lambros.

Quant à moi j'aimerais mieux l'*imam*, mais je me tais. Nous prenons les sacs et ils remplissent l'ascenseur.

– Pose-les dans la cuisine, dit Adriani. Je vais tout ranger.

Je la laisse et vais dans notre chambre. Le voyage m'a donné le tournis et demain je reprends le travail. J'ai besoin de sommeil.

4

Mon retour au travail s'accompagne toujours de sentiments mêlés. Je me sens reposé, de bonne humeur, et en même temps le quotidien à venir m'angoisse, j'ignore ce qui m'attend.

La journée commence par le moins bon. Il pleut des cordes et les rues sont embouteillées. Arrivé au tournant de la rue Ayiou Savva, je tombe sur un accident. Une camionnette a embouti une petite Fiat et bloque la rue.

Je laisse la Seat au coin de l'avenue Alexandras et entre à la Sûreté par la porte principale en courant. Je dis à l'homme de garde de faire emmener la Seat au parking et monte à la cafétéria.

Je suis accueilli par Vellidis de la Délinquance électronique et Zonaras des Affaires intérieures.

– Joyeux automne, Kostas ! Ça s'est bien passé ?

– Très bien. L'Épire me manquait.

– Parfait, dit Zonaras. Mais l'atterrissage va être rude.

– Si tu veux parler de la pluie, tout va bien, du moment que je n'ai pas de problèmes plus graves.

– C'est moins un problème qu'une surprise.

– Allons bon.

Je m'attends au pire.

– Guikas prend sa retraite, m'annonce Vellidis.

Je reste un instant sans voix.

– Mais… c'était prévu ?

– Il était en fin de carrière et on a un peu pressé le mouvement.

Voilà ce que c'est de prendre ses vacances en septembre, me dis-je. Pendant que les autres se remuent, tu es à Papingo. D'un autre côté, ce n'est pas un drame, il n'y a pas là de changement fracassant qui pourrait bouleverser ma vie. Je demande à Vellidis :

– Et qui prend sa place ?

C'est cela surtout qui m'importe.

– On ne sait pas encore. Ils sont sûrement en train de nous mijoter quelque chose.

– Sinon, dit Zonaras, hilare, l'ordre et la paix règnent sur tout le territoire. À part évidemment les cocktails Molotov qu'on nous lance en guise de boules de neige, les trolleys qu'on incendie et les parties de gendarmes et voleurs à Exarkia.

Il attend que je commente, mais mes pensées sont accaparées par l'avenir et ses incertitudes. Je les quitte sur un « Bonne journée » et reprends mon souffle au cinquième étage.

Mes sentiments sont de nouveau mêlés à parts égales. D'une part je veux montrer à Guikas que je suis au courant et me suis dépêché de lui dire mes regrets. Tout compte fait nous avons passé toute une vie ensemble, et son départ ne me laisse pas indifférent. D'autre part je brûle d'en savoir davantage sur celui qui va lui succéder.

Stella m'accueille avec un pâle sourire.

– Bienvenue, monsieur le commissaire. Tout s'est bien passé ?

– Très bien. Nous avons eu beau temps, j'ai été content de revoir mes anciens territoires. Et je rentre en plein bouleversement.

Elle soupire et me montre du doigt la porte du bureau.

– Il s'apprête au départ et je ne sais pas où je vais me retrouver.

Tel est notre souci à nous tous, lorsque s'en va quelqu'un auquel, tant bien que mal, on s'était habitué. La première question, c'est : Où vais-je me retrouver ? et la seconde : Avec qui ?

– Il est là ?

– Oui, il range son bureau.

Supposant ne pas l'interrompre dans ses pensées, je frappe et j'entre. Il a dû terminer son rangement : tout est en ordre, le bureau semble prêt pour accueillir le locataire suivant. Il est vrai qu'au lieu d'archiver les documents, il les transmettait tout de suite aux services concernés.

Guikas debout devant la fenêtre contemple la vue, soit par habitude, soit qu'il veuille l'imprimer dans sa mémoire et l'emporter avec lui. Entendant la porte se refermer, il se retourne. À première vue, l'idée de la retraite ne semble pas lui peser. Au contraire, il me décoche l'un de ses rares sourires.

– C'est la première nouvelle que j'ai apprise en rentrant, dis-je.

Son sourire ne faiblit pas.

– Il faut bien que l'heure de la fin arrive un jour.

Il me montre un siège et s'assoit à son bureau.

– Ils viennent tous, comme toi, avec des mines d'enterrement. Mais moi je ne me sens pas triste du tout. Je peux même te dire, tout à fait entre nous, que j'ai donné quelques coups de fil pour hâter ma retraite.

– Pourquoi ?

Je n'arrive pas à le croire.

– La boucle est bouclée, Kostas. Je sais que je ne peux plus espérer d'avancement et que je passerai les deux dernières années dans ce même bureau. Et puis quelque chose d'autre m'a ouvert les yeux.

– C'est-à-dire ?

– La pêche. Ma femme a hérité par une tante d'une maison en Eubée au bord de la mer. Pendant les vacances nous sommes allés voir s'il fallait faire des travaux. Notre première idée, c'était de la mettre en location pour l'été et d'y passer les week-ends au printemps et à l'automne. Un matin sur le balcon, je regardais les pêcheurs dans le golfe, et soudain, sans prévenir, l'envie m'est venue de pêcher. Je suis allé m'acheter le matériel. Le marchand m'a tout expliqué sur les appâts. Le lendemain j'ai lancé ma ligne dans la mer et suis retourné les jours suivants, toute la journée. Ma femme n'en revenait pas. Je m'étais déclaré pêcheur, mais je ne pêchais rien. Jusqu'au jour où un type du coin qui passait par là m'a dit : « Près du bord, c'est les gens qui nagent, monsieur le commissaire. Les poissons, eux, nagent au fond, qui se trouve au large. »

Il s'interrompt, l'air de se demander si je le prends pour un fou. Estimant d'après mon allure que non, il poursuit :

– Je me suis mis à aimer la mer et la pêche, Kostas. Je rêve de m'acheter un hors-bord avec ma prime de départ. Ma femme n'en revient toujours pas, mais elle remercie Dieu de ce que j'aie trouvé une occupation, pour ne pas être tout le temps dans ses pattes.

Il sourit.

– Tous les poissons que je pouvais prendre ici, je les ai pris. Je n'en aurai pas d'autres. À la mer je serai peut-être plus chanceux. Pour le dire autrement : pendant des années j'ai marchandé avec les pêcheurs et ça n'a pas marché. J'ai fini par comprendre qu'il valait mieux pêcher moi-même.

J'ai devant moi un homme détendu, soulagé d'un poids. Je fouille ma mémoire : quand l'ai-je déjà vu sourire longuement ? Aucun souvenir. En tout cas, s'il est heureux de voguer bientôt dans sa coquille de noix, avec les changements imminents je pourrais bien rater le bateau. Je m'efforce de cacher mon anxiété.

– Avez-vous des informations quant à votre remplaçant ?

– Pour l'instant il n'y en a pas. Et ce que je vais te dire maintenant, tu vas l'oublier jusqu'à l'annonce officielle.

– Vous avez ma parole.

Et j'en ai des sueurs froides.

– Avant que le remplaçant ne soit nommé, tu seras sous-directeur de la Sûreté par intérim, étant le plus ancien à la direction. Tu dépendras directement du sous-chef.

Il lit le trouble sur ma figure et juge nécessaire d'enfoncer le clou :

– Rappelle-toi : tu ne sais rien. Mais je vais te donner un dernier conseil. Si tu es malin, si tu ne te brouilles pas avec ton supérieur, comme c'est ton habitude, il se pourrait que tu montes en grade.

Et aussitôt, la douche écossaise :

– Je ne dis pas que tu seras nommé directeur de la Sûreté, mais tu ne resteras peut-être plus en carafe.

Je suis persuadé que ce plan est son œuvre. Il a encore assez de pouvoir pour l'imposer.

– Je vous remercie pour les informations et le conseil, lui dis-je.

– Pour les informations, d'accord. Quant aux conseils, je t'en ai donné des tonnes et tu n'en as jamais écouté un seul.

– Je vous remercie malgré tout pour celui-ci.

Et je me lève.

Il fait de même et me tend la main.

– Cela s'est bien passé entre toi et moi, Kostas. On s'agaçait mutuellement, peut-être, mais en fin de compte on se mettait d'accord, car il y avait entre nous de la confiance.

Il n'a pas tort, si l'on oublie qu'il se planquait dès qu'il risquait de s'exposer, avec le précédent sous-chef par exemple, qui me persécutait.

Pour moi, en fait, le départ de Guikas est la cerise sur le gâteau. Car avant mes vacances, il y a eu des changements dans mon équipe. Koula a épousé Papadakis qu'on a muté à la direction des Étrangers, car ils ne pouvaient pas travailler dans le même service. Nous sommes allés au mariage, en simples invités, et sommes partis après la cérémonie.

Le deuxième départ a été celui de Vlassopoulos. Il a demandé sa mutation à la direction des polices de Halkida, pour se rapprocher de ses enfants mineurs qui habitent chez ses parents.

À leur place on m'a amené Thanassis Askalidis et Photis Dervisoglou. Askalidis travaillait aux Stups à Patras et Dervisoglou à l'Antiterrorisme. L'un est débutant, mais l'autre, diplômé en droit, a davantage d'expérience. Le seul gagnant dans l'affaire, c'est Dermitzakis, à qui la mutation de Vlassopoulos a valu le titre officieux de doyen.

J'entre dans le bureau de mes adjoints et les trouve en train de bavarder. Ils s'interrompent aussitôt et passent aux salutations rituelles. J'expédie mes belles vacances en une phrase et leur demande s'il est arrivé des choses en mon absence.

– Pour Guikas, vous devez savoir, dit Dermitzakis.

– Je sais. À part ça ?

– Rien, et c'est ça la bonne nouvelle.

Koula est sur Internet, Thanassis et Photis feuillettent de vieux dossiers pour se faire une idée de leur tâche, et moi je me dis que je ne peux pas me plaindre : la nouvelle saison démarre en douceur.

– Les assassins, avant d'agir, attendent peut-être qu'on se réorganise, dit Dervisoglou en riant.

Les seuls à ne pas ouvrir la bouche sont Askalidis et Koula. L'un gêné par son inexpérience, l'autre d'avoir renoncé à me prendre pour témoin à son mariage.

Je dis à Dermitzakis de venir à mon bureau dans cinq minutes et je redescends à la cafétéria boire mon café laissé en attente à cause de Guikas.

À mon retour je trouve Dermitzakis.

– Tu dis que tu t'ennuies, alors je t'ai trouvé une occupation.

– Tant mieux ! Dites-moi.

– Tu vas faire l'éducation d'Askalidis. On dirait un poisson hors de l'eau. C'est toi l'aîné maintenant, il faut que tu le mettes au parfum. Sinon il va tout faire de travers et il faudra courir derrière pour tout réparer.

– Je m'en occupe, mais il n'a pas l'air d'une flèche.

Je lui lance la mienne en douceur.

– Personne ici n'était une flèche en arrivant. Nous avons tous appris au coup par coup.

Nous n'avons rien d'autre à nous dire et je lui demande de m'envoyer Koula. Elle s'assied face à moi, sans expression, fixant le sol devant elle.

– Écoute, Koula. Tu ne dois pas prendre cet air de chien battu. Vous nous avez proposé, ton mari et toi, d'être témoins à votre mariage, et cela ne s'est pas fait. J'étais tombé en disgrâce et il n'était pas question de vous entraîner là-dedans. Aujourd'hui tout s'est arrangé, heureusement pour vous et pour moi. Il n'y a aucune amertume à l'égard de vous deux, ni chez Adriani ni chez moi. Rien n'a changé. Ne prends donc pas cet air de vierge effarouchée, tu es mariée maintenant, ça ne te va pas.

Elle hésite un instant, puis se lève d'un bond et me saute au cou. Je sens ses larmes couler sur ma joue.

– Vous ne pouvez pas savoir quelle joie vous me donnez, murmure-t-elle. Pendant tout ce temps j'ai vécu un enfer : vous m'avez toujours soutenue et moi j'ai été horrible avec vous. Je vais prévenir Vassilis et il sera fou de joie.

– D'accord, et moi aussi je suis content que tout soit clair.

Et je la renvoie dans son bureau avant de nous voir sombrer dans la guimauve.

On vit une période de transition et ne savons pas ce que demain nous réserve. Il faut donc maintenir la sérénité dans l'équipe.

5

À trois heures de l'après-midi, j'ai épuisé tous les moyens de tuer mon ennui. J'ai visité trois fois la cafétéria, pris deux fois un café et la dernière fois un sandwich. Assis à une table, mordant mon sandwich, j'écoutais d'une demi-oreille les conversations sur le départ de Guikas.

Rentré dans mon bureau, je pensais à m'acheter un jeu de cartes pour faire des patiences lorsque le téléphone a sonné.

– Monsieur le sous-chef veut vous voir dans son bureau dans une heure, monsieur le commissaire.

– Bien. J'y serai.

Depuis que le précédent, qui m'avait dans le nez, a été muté à la direction de la Coopération policière international, je suis tranquille. Son successeur, Prodromos Kapsidis, de la direction des Étrangers, nous vient des eaux territoriales grecques, lui. Les rumeurs annonçaient un homme faisant profil bas, mais ouvert et capable. Après notre première rencontre, nous n'avons pas eu d'autres contacts, ce qui nous a fait grand plaisir, à Guikas et à moi.

Je me rappelle ces premières impressions pour calmer mon anxiété, tandis que la Seat me conduit vers

Katehaki. Le policier dans l'antichambre m'introduit aussitôt dans le bureau.

Première surprise : sont présents, le sous-chef mis à part, Vellidis, Zonaras et Karabetsos, nouveau directeur de l'Antiterrorisme. Surprise agréable, car je sens venir l'annonce de ma promotion provisoire.

Kapsidis me serre la main, puis nous emmène à la table de réunion. Il préside, avec nous sur les côtés deux par deux.

– Messieurs, vous devez être au courant : votre supérieur, Nikolaos Guikas, directeur de la Sûreté, prend sa retraite. Je vous ai convoqués afin de vous faire savoir que pour l'instant aucun remplaçant n'a été nommé. En attendant, l'intérim sera assuré par le commissaire Kostas Charitos, en raison de son ancienneté à la direction.

Trois paires d'yeux se fixent sur moi, tandis que je feins la stupéfaction.

– En conséquence, vous rendrez compte pour l'instant au commissaire Charitos, déclare-t-il, et il se lève.

Nous l'imitons. Les trois paires d'yeux sont toujours collées sur moi, mais je suis passé de l'air étonné au sourire vague.

Nous allons prendre congé lorsque le sous-chef se tourne vers moi.

– J'aimerais que vous restiez un instant, monsieur le commissaire.

Les autres gagnent la sortie, tandis que je m'installe dans le fauteuil face au bureau.

– Je voulais que vous le sachiez, dit-il en s'asseyant. Je n'ai entendu sur vous que des éloges de la part de M. Guikas.

J'en suis heureux, mais guère surpris. Nous nous sommes opposés, il protégeait ses arrières, d'accord, mais vers l'extérieur il n'était pas avare de compliments.

– Et ce n'est pas tout, poursuit-il. Votre réputation au sein du Corps est bien plus élevée que votre grade.

– C'est parfois le cas, dis-je en m'efforçant de cacher ma satisfaction.

– C'est souvent le cas, malheureusement, me corrige-t-il. Je vous ai retenu pour vous dire ceci : tant que vous serez à la tête de la direction, vous serez libre d'agir à votre guise. Je ne viendrai pas vous demander des comptes sans raison. C'est vous qui jugerez s'il convient de m'informer, ou si vous avez besoin de mon avis.

J'ai l'impression qu'il s'agit d'une blague. Sans doute à cause du précédent sous-chef qui m'a fait vivre un martyre. Quoi qu'il en soit, je ne m'emballe pas, pour éviter les déceptions futures. Je me contente d'un :

– Je vous remercie. Moi, de toute façon, je vous tiendrai informé.

Nous nous serrons la main et je le quitte soulagé.

En rentrant je m'efforce d'établir un programme. Avant toute chose, rencontrer mes collègues. Devenu premier parmi mes égaux, je dois leur montrer que je reste à leur niveau, que je n'ai pas attrapé la grosse tête.

À peine arrivé au bureau, j'appelle mon équipe et lui annonce la nouvelle. Les deux nouveaux ne font aucun commentaire, mais Koula et Dermitzakis ne cachent pas leur joie.

– Si seulement vous pouviez devenir directeur ! dit Koula.

– Ce qui veut dire que nous aussi nous avons de l'avancement ? demande Dermitzakis, plaisantant à moitié.

Je devine qu'il va se mettre à jouer les gros bras à coups de « ordre du chef » et je m'empresse de le couper dans son élan.

– Il n'y a pas d'avancement, Dermitzakis. Me voilà simplement, comme on dit, avec des cornes sans être marié.

Je les renvoie dans leur bureau et réfléchis à un lieu idoine pour ma rencontre avec mes trois égaux. Pas question de les faire venir dans mon bureau, ils le prendraient de travers, croyant que je veux d'entrée jouer les patrons. Si le bureau de Guikas était libre, je les y rassemblerais, c'est notre lieu de rencontre habituel, mais il n'est pas encore parti.

Je me creuse la tête et finis par me décider pour le bureau des interrogatoires. C'est l'unique lieu neutre disponible. Je dis à Koula de les prévenir. Je prends soin d'arriver le premier pour ne pas les faire attendre.

– Tu veux nous interroger ? demande Vellidis.

Je leur fais part de mes scrupules. Zonaras est hilare.

– Attends, Kostas ! Tu aurais beau faire, on ne te verrait jamais comme un supérieur.

L'atmosphère se détend, et comme toujours la détente entraîne les cancans, d'autant qu'aujourd'hui les sujets ne manquent pas.

– Guikas ne m'a pas semblé spécialement abattu, dit Vellidis.

– Si vous voulez mon avis, remarque Zonaras, la retraite est pour lui une délivrance. Il a compris qu'il touchait son plafond et qu'il ne pourrait jamais le trouer pour monter plus haut. Une fois débarrassé de l'angoisse de l'avancement, il a découvert les joies de la liberté.

– Il a trouvé sa liberté et nous notre tranquillité, s'amuse Vellidis. Vous, je ne sais pas, mais moi il m'en a fait baver, avec son ignorance de l'électronique.

Ils rient tous les trois. Je suis le seul à rester de marbre : je suis nul en électronique, moi aussi.

– Qui nous dit que le prochain sera meilleur ? demande Karabetsos.

– Qui peut le dire ? répond Vellidis. Si c'était Kostas, nous saurions du moins ce qui nous attend.

– Tu ne crois pas qu'avec Kostas nous aurions été tranquilles ? note Zonaras.

– Pourquoi ? Tu penses qu'avec vous je jouerai les tyrans ?

– Tu sais comment on t'appelle dans tout le bâtiment ? reprend Zonaras.

– Dis-moi.

– La Fouine. Charitos la Fouine.

Karabetsos éclate de rire.

– C'est la première chose que j'ai entendue en mettant les pieds ici.

Je m'attendais à tout, mais qu'on me colle un sobriquet, surtout celui-là, cela me dépasse.

– Pourquoi la fouine ?

– Parce que tu fourres ton nez partout. Bon, que tu flaires les cadavres qu'on t'apporte, passe encore, mais si tu te mets à fouiner avec nous, on est foutus. Le précédent sous-chef, évidemment, a failli te dézinguer, mais tu t'en es tiré.

– En tout cas, commente Vellidis, le nouveau sous-chef n'a rien à voir avec Dimitriadis. Il m'a paru plutôt calme.

Et ils continuent sur ce thème, tandis que je rumine la fouine. Comment se fait-il que pendant tant d'années j'aie eu un surnom sans le savoir ? Mes hommes étaient au courant, sûrement, mais me l'ont caché.

Je me retiens, le temps qu'ils finissent leurs bavardages, puis reprends mon souffle dans mon bureau. Je convoque mon état-major, les anciens et les nouveaux.

Ils arrivent, l'air inquiet, craignant qu'il ne s'agisse d'un problème sérieux.

– Depuis quand m'appelle-t-on la Fouine ici, à mon insu ?

Ils s'attendaient à tout, sauf à cela et se regardent, surpris, gênés. Muets, tous.

– Pourquoi ne pas me l'avoir dit ? Je suis sûr que vous m'appelez ainsi derrière mon dos.

Ils ont avalé leur langue. Koula s'agite sur sa chaise. Elle n'ose pas parler. Les autres la regardent comme si c'était leur planche de salut.

– Nous le savions, monsieur le commissaire, mais qu'est-ce qu'on pouvait dire ? « Vous savez, on vous appelle la Fouine » ? C'est vrai que nous aussi nous le disons quelquefois pour plaisanter. Mais à votre place, je ne me fâcherais pas. Je serais plutôt fière.

– Fière ? Pourquoi ? Il existe des fouines de collection ?

– Eh bien là où règnent les pachydermes, la fouine est une espèce rare, monsieur le commissaire.

Ils éclatent de rire. Je m'efforce de garder mon sérieux, et bientôt je rends les armes.

6

L'annonce de mon avancement provisoire m'a apporté des vagues de bonheur. C'est le bon côté des nouvelles agréables. Elles te font oublier que le bonheur peut s'envoler le lendemain en même temps que l'avancement provisoire.

– Dis-moi, papa, m'a demandé Katérina, ils vont augmenter ton salaire ?

– Tu veux rire ? a répondu Adriani. Pour le réduire quand il retrouvera son poste ?

– Tu as raison, mais l'espérance meurt la dernière, a conclu Katérina.

– Je ne sais pas quand l'espérance meurt, Katérina, est intervenu Zissis. Je sais que l'espérance est comme une brèche. Une brèche s'ouvre devant ton père, il faut y mettre l'épaule pour la maintenir ouverte.

– Il suffit que d'autres ne la referment pas, commente Adriani, optimiste.

– S'il se rend indispensable, ils le laisseront tranquille, a-t-il répondu, puis il s'est tourné vers moi. Tu le sais, grâce à ton poste actuel ils ne touchent pas à toi, car tu leur es indispensable.

Pendant que Zissis exposait sa théorie, j'avais des pensées plus pragmatiques. La fouine, c'est peut-être bon pour moi : les fouines se glissent partout, on le sait, par la moindre brèche.

La conversation s'arrêtant là, nous sommes passés à table. C'était le premier repas familial après les vacances, avec Katérina, Phanis et Zissis. Uli et Mania sont en Allemagne chez les parents d'Uli.

Adriani a préparé le repas prévu : feuilleté aux poireaux avec de la pâte d'Épire et du fromage de chèvre. Le ravissement général s'est exprimé plus par des cris que par des mots. Zissis lui-même n'a pas ménagé les compliments.

– Bravo, Adriani. Tes poireaux sont incomparables. Je te tire mon chapeau.

Les poireaux ont ouvert la discussion sur les vacances. J'ai laissé l'initiative à Adriani qui est partie dans un délire sur notre séjour en Épire et notre rencontre avec les trois dames.

– Elles sont délicieuses, a-t-elle dit, nous nous sommes très bien entendus. N'est-ce pas, Kostas ?

J'ai approuvé, mais sans mentionner le marc de café.

– Et nous avons aussi rencontré des Allemands ! poursuit-elle.

– Des Allemands ! dit Phanis. C'est Uli qui va être content.

– Des Allemands volants.

– Volants ? s'étonne Katérina.

– Oui ma fille. Qui volaient, avec des ailes.

– Oncle Lambros, tu as déjà vu des Allemands comme ça ?

– Dans des avions seulement, quand ils nous bombardaient. Et peut-être un ou deux en parachute.

Je suis intervenu pour détailler la scène du vol et celle du *tsipouro*.

– Voilà la différence entre les Allemands et nous.

– Laquelle ? a demandé Adriani.

– Nous, dans les campagnes, nous avons le jeu du cochon volant. Chez les Allemands, c'est les professeurs qui volent.

Cette remarque a fait monter l'ambiance et la soirée s'est terminée par des plaisanteries.

– Lambros a raison, a dit Adriani tout en desservant, nos invités une fois partis. Si tu maintiens la brèche ouverte, ils te donneront peut-être de l'avancement. Le nouveau manquera d'expérience et il faudra quelqu'un de solide à côté de lui pour l'empêcher de se noyer.

Elle a hésité un instant, comme gênée par quelque chose.

– Je ne dis pas ça pour l'argent, mon chéri, tu le sais. Grâce à Dieu, nous nous sommes bien tirés des moments difficiles. Je le dis pour toi, pour que tu sois enfin reconnu comme tu le mérites. Et si tu veux mon avis, ils te reconnaîtront seulement quand ils ne pourront pas faire autrement.

– Tu sais comment on m'appelle à la Sûreté ?

– Dis-moi.

– La Fouine.

Elle n'a pas eu l'air gênée ou contrariée. Elle était simplement songeuse.

– C'est juste. Mais tu es une petite bête pour tes supérieurs, pas pour toi-même.

Elle est passée à la cuisine tandis que je mettais le cap sur notre chambre. Avant de m'endormir, je me suis dit qu'elle n'était pas si mal, finalement, cette première journée.

C'est la même bonne humeur qui m'accompagne le lendemain matin, dans la Seat, sur le chemin de la Sûreté. Je passe par la cafétéria prendre mon café, mon croissant et je monte à mon bureau.

J'accorde un sursis à ma rencontre avec mon équipe, le temps de savourer mon café du matin, mais l'homme propose et Dieu dispose. À la deuxième gorgée le téléphone sonne. C'est Stella.

– Monsieur le commissaire, le sous-chef vous demande. Je vous le passe ?

– Bien sûr, dis-je sur un ton enjoué, tandis que je râle intérieurement.

– Bonjour, monsieur le commissaire. J'ai reçu un appel qui m'a laissé perplexe, et je voudrais votre avis. Il vient de Mme Clio Rapsani. Le nom vous dit quelque chose ?

Je réfléchis.

– Ce ne serait pas le nom d'un de nos ministres ?

– Exactement. Klearkos Rapsanis, ministre de la Réforme administrative. Cette dame est sa sœur. Elle vient de m'annoncer que son frère a été retrouvé mort chez lui. La femme de ménage l'a découvert ce matin et l'a prévenue. Mme Rapsani a supposé d'abord que son frère avait eu une crise cardiaque, et elle a appelé un médecin, ami intime de la famille, pour confirmation. Mais le médecin est très réservé, il lui a conseillé de contacter la police.

– Il n'a pas donné la raison de ses soupçons ?

– Non. Vous comprenez que la famille et nous-mêmes souhaitons tenir cette mort secrète pour l'instant, de peur que les journalistes n'aillent écrire n'importe quoi. C'est pourquoi je voudrais que vous nous disiez comment, à votre avis, gérer l'affaire.

Je réfléchis.

– Savez-vous si la sœur et le médecin sont encore sur place ?

– Oui, et la femme de ménage aussi.

– Bon. Ils n'ont sûrement pas parlé aux gardes du corps, qui nous auraient appelés. Je vais y aller seul pour voir la sœur et le médecin. Je n'informerai même pas mes collaborateurs. Je dois d'abord entendre le médecin, et après on avisera.

– Excellente idée. Je les préviens de ce pas tous les deux.

– Savez-vous où habitait Rapsanis ?

– J'ai noté l'adresse. Un appartement dans la rue Ourani, près de la place Drossopoulou.

– Pouvez-vous dire à la sœur que les gardes du corps ne doivent en aucun cas entrer dans l'appartement avant mon arrivée ? Je vous tiendrai au courant dès que j'y verrai un peu plus clair.

Je raccroche et appelle Koula.

– Je serai rentré dans deux heures. En cas d'urgence, préviens-moi sur mon portable.

J'ai bien fait de ne pas m'acheter un jeu de cartes. J'aurais gaspillé mon argent.

7

Je suis vite rendu. Je rejoins Philothéi par l'avenue Kifissias, et quelques rues plus tard je trouve la bonne. L'immeuble du ministre donne sur la place Drossopoulou.

Pas de gardes du corps dans l'entrée, ce qui me rassure : la nouvelle risque moins d'être ébruitée. Une voix féminine à l'interphone me dit de monter au quatrième.

La femme qui m'ouvre, dans les cinquante ans, a les yeux gonflés. D'une toute petite voix elle se présente :

– Clio Rapsani.

– Toutes mes condoléances, madame. Nous venons d'apprendre la triste nouvelle et je viens pour savoir ce qui s'est passé.

– Par où voulez-vous commencer ?

– Je voudrais d'abord parler au médecin.

Elle m'introduit dans un vaste séjour. Un homme dans les soixante ans, assis sur le canapé, se lève :

– Kostas Aryiropoulos, médecin. Avant que je vous expose mes soupçons, dit-il, j'aimerais vous montrer la victime.

Je le suis dans le couloir. Je jette un bref coup d'œil dans la pièce d'à côté : un grand bureau aux murs couverts de bibliothèques.

Le médecin ouvre la porte suivante, celle de la salle de bains, et s'efface pour me laisser voir.

Un homme est couché par terre devant la cuvette des W-C, obèse, avec des lunettes et une barbe. Son corps occupe tout l'espace entre la baignoire et le lavabo. Il a vomi, mais s'est écroulé avant de finir : il y en a partout dans la cuvette, sur le sol et sur ses vêtements.

– Connaissez-vous la cause du décès, ou avez-vous au moins des soupçons précis ?

Il s'efforce de rassembler ses pensées.

– En cas de crise cardiaque, soit il aurait eu le temps de téléphoner, soit il se serait écroulé sur place. Donc la crise cardiaque me semble à exclure.

– L'empoisonnement ?

– Oui, mais il ne serait pas alimentaire. Ce genre d'intoxication laisse d'habitude le temps d'aller à l'hôpital. C'est pourquoi j'ai été amené à chercher plus loin. Venez avec moi.

Il m'emmène à la cuisine. La femme de ménage, une quadragénaire, se lève de sa chaise et nous laisse seuls.

Le médecin va ouvrir le frigo.

– Regardez.

En plein milieu, je vois un énorme gâteau. Il lui manque une grosse portion triangulaire. Une carte est posée dessus, où l'on peut lire :

AU MINISTRE KLEARKOS RAPSANIS,
POUR SON TRAVAIL INLASSABLE.
SES ADMIRATEURS ANONYMES.

La carte sort d'un ordinateur, c'est évident, même pour moi.

– Ce gâteau, dit le médecin, m'incite à demander une autopsie.

– Je vous remercie, docteur. Vous avez bien fait de nous prévenir. Je ne veux pas vous retenir plus longtemps.

– Je vais voir Clio, elle a peut-être besoin d'un calmant.

Il sort. La femme de ménage attend dans le couloir et je lui fais signe d'entrer.

– Comment t'appelles-tu ?

– Voula Loukidou.

– Tu travailles ici depuis longtemps ?

– Dix ou onze ans.

– Depuis quand le gâteau est-il ici ?

– Depuis hier. Une jeune femme l'a apporté peu avant que je parte. Elle a juste dit que c'était pour le ministre et elle est repartie.

Une jeune femme ? Cela m'étonne. D'habitude les livreurs sont des garçons.

– Tu peux me la décrire ?

– Rien de spécial. Elle avait un casque, elle portait un jean et un T-shirt.

– Et les gardes du corps ? Ils ne lui ont rien demandé ?

– Il n'y en a pas, monsieur le commissaire. Le ministre ne voulait personne devant chez lui. Il était juste accompagné d'un policier dans sa voiture de fonction, mais le policier repartait ensuite.

– J'ai l'impression que le ministre aimait bien manger, dis-je prudemment.

Elle jette un coup d'œil à la porte et baisse la voix.

– Il n'arrêtait pas, monsieur le commissaire, mais son faible c'était les sucreries. Dès qu'il en voyait, il ne se sentait plus. Quand je n'avais pas préparé de gâteau, il mangeait des chocolats à la file.

Ceux qui ont déposé le gâteau connaissaient donc son point faible.

Je dis à la femme de ménage qu'elle peut s'en aller.

– Je vais rester, Mme Clio a peut-être besoin de moi.

Le médecin a raison pour l'autopsie, mais en attendant nous pouvons entamer une enquête préliminaire et collecter des indices. Auparavant, toutefois, je dois protéger mes arrières. J'appelle le sous-chef et lui fais un rapport détaillé, en concluant qu'il s'agit probablement d'un meurtre.

– Rien ne doit s'ébruiter avant que nous soyons sûrs, dit-il.

– Oui, mais nous ne pouvons tenir secret le décès. Il faut à mon avis informer le Premier ministre, et le gouvernement décidera quant à la façon de gérer le problème. Si nous sommes seuls sur l'affaire, cela va sûrement retomber sur nous, quoi qu'on fasse.

Il est d'accord et nous raccrochons.

Clio Rapsani et Aryiropoulos m'attendent en discutant sur le canapé. Je m'assieds dans le fauteuil en face d'eux.

– Pourquoi ont-ils tué Klearkos ? dit-elle.

– D'abord, nous ne sommes sûrs de rien. On en saura plus après l'autopsie. Par conséquent, les questions que je vais vous poser serviront uniquement à m'informer, pour préparer la suite, si l'autopsie confirme nos doutes.

– Je vous demanderai seulement d'être bref, intervient le médecin. Mme Rapsani est fragile en ce moment et je ne voudrais pas que son état s'aggrave.

– Savez-vous si votre frère avait des ennemis ? A-t-il évoqué devant vous des menaces, ou des personnes qui lui inspiraient de la peur ou de l'inquiétude ?

– Mon frère n'avait qu'un ennemi, monsieur le commissaire : la nourriture. Un ennemi invincible : sa boulimie. Toute la famille luttait pour le convaincre de se limiter, mais rien à faire. Il allait régulièrement voir un diététicien, mais après deux semaines au plus il rechutait. Il mangeait même davantage pour récupérer les kilos perdus.

– Que faisait-il avant d'entrer en politique ?

– Il était universitaire, répond Mme Rapsani. Il enseignait la philosophie du droit. Mais le virus de la politique l'a saisi. Il a été élu député, puis nommé ministre.

Je n'ai pas d'autres questions et les quitte en me demandant comment un philosophe du droit peut devenir ministre de la Réforme administrative. Je n'insiste pas : la fouine est nulle en politique. Guikas me le reprochait toujours.

J'appelle Dermitzakis et lui dis de venir avec Koula, mais sans donner d'explications aux nouvelles recrues. Puis je fais la même chose avec Dimitriou de l'Identité judiciaire : il amènera ses adjoints les plus sûrs.

J'ai gardé pour la fin Stavropoulos, le médecin légiste :

– À mon avis tu n'as pas besoin de venir. Envoie une ambulance pour prendre le mort. Tout ce que je te demande, c'est de faire l'autopsie tout de suite, car il s'agit d'un homme politique et nous devons éviter les embrouilles.

– Je vois, dit-il aigrement, à peine monté en grade on distribue les ordres.

Je m'efforce de garder mon sang-froid.

– Je ne distribue rien. Je te signale simplement que c'est une affaire délicate et que le sous-chef m'appelle sans arrêt.

– Le service de médecine légale ne dépend pas de la police, mais du ministère de la Justice.

Et il raccroche.

Je n'ai heureusement pas le temps de gamberger, car Dermitzakis et Koula font leur entrée. Je leur fais un résumé.

– Nous, qu'est-ce qu'on peut faire ?

– Pas grand-chose. Je vais demander à la sœur l'autorisation de fouiller la cuisine et le bureau, à tout hasard.

Mme Rapsani n'a pas d'objection et mes deux acolytes commencent la fouille par le bureau.

Bientôt Dimitriou se pointe avec ses deux adjoints. Je l'emmène d'abord dans la salle de bains voir le mort.

– Il a dû souffrir le martyre, dit-il.

Puis je lui montre le gâteau à la cuisine.

– Il faut l'envoyer tout de suite au labo, conclut-il, et il le fait emballer par ses hommes.

Je passe dans le séjour, pour voir si l'on y a trouvé quelque chose.

– Des livres, des papiers, rien d'autre, me dit Dermitzakis.

– À moins que les chocolats ne vous intéressent, ajoute Koula, en me montrant le bureau et son tiroir du haut à droite.

Je l'ouvre : il est bourré de chocolats de toutes sortes et toutes tailles.

– Il les avait mis à droite pour les prendre plus facilement, remarque Koula.

Dans la cuisine, la fouille ne donne rien non plus. Il ne nous reste plus qu'à attendre l'ambulance, qui arrive au bout d'une heure. C'est la façon que Stavropoulos a trouvée pour me montrer qu'il ne reçoit pas d'ordres de moi.

8

Stavropoulos s'est suffisamment défoulé en me faisant attendre et n'en rajoute pas une couche. Il se met à l'autopsie sans tarder, puis m'appelle.

– On l'a empoisonné au parathion. Je ne peux pas encore donner de précisions. Apparemment il a mis un doigt dans sa bouche pour vomir, mais c'était trop tard.

Je le remercie pour sa promptitude et raccroche. Aucun doute, on va retrouver le poison dans le gâteau. Reste à savoir qui l'a confectionné, et qui est la fille qui l'a apporté.

Je mets mes réflexions entre parenthèses pour informer le sous-chef. Il m'écoute sans m'interrompre, puis conclut, fataliste :

– Bref, c'est mal parti.

– Si la victime était n'importe qui, je vous dirais que c'est une femme qui a fait le coup, par jalousie ou par vengeance : le parathion d'habitude est l'arme des femmes. Mais Rapsanis n'était pas n'importe qui. Donc il faut chercher ailleurs, et ce n'est guère facile quand les politiques s'en mêlent.

– Que faisons-nous avec les journalistes ?

– Je vous propose d'informer le secrétariat du ministre et de les laisser faire l'annonce.

– Très juste. Je vais tout de suite en parler au chef.

Cette entente cordiale avec Kapsidis me met de bonne humeur, mais je ne suis pas au bout de mes peines. Première difficulté : comment démarrer l'enquête discrètement, sans exposer le sous-chef et les politiques haut placés ? Si l'on attend l'annonce officielle du crime, on risque de perdre un temps précieux. Cela dit, l'enquête en coulisses est parfois plus fructueuse. Restons donc discrets, comme lors de notre première visite chez Rapsanis, et voyons la suite.

J'appelle Dimitriou.

– J'allais vous appeler, dit-il. On a retrouvé du parathion dans le gâteau.

Je lui expose mon plan, qu'il approuve.

– Je vais y retourner avec l'un de mes hommes pour chercher des empreintes digitales.

J'appelle Dermitzakis, lui résume la situation et j'ajoute :

– On ne dit rien. C'est le ministère qui s'occupe de l'affaire jusqu'à nouvel ordre. Donc nous restons en retrait, sans nous faire voir. Qui d'autre proposes-tu pour t'épauler ?

– Dervisoglou. Il vient de l'Antiterrorisme et sait agir sans bruit.

– Bon. Cela ne sert à rien de se remuer pour l'instant. J'ai interrogé la sœur et la femme de ménage en vitesse, et nous ne pouvons pas continuer avec les locataires de l'immeuble et les voisins sans avoir le feu vert.

Une demi-heure plus tard, je reçois un appel du sous-chef.

– Le ministre nous attend dans son bureau tout de suite.

Beau début, me dis-je. Pour ma première affaire sous mes nouvelles attributions, j'ai tous les gros bonnets de la police et du gouvernement sur le dos. Va donc maintenir ouverte la brèche qui menace de se refermer sur la fouine.

Je mets mes pensées désagréables en quarantaine et prends le chemin du ministère. La guigne me poursuit : l'avenue Mesoyion est embouteillée. Je m'en veux d'avoir préféré la Seat à une voiture de patrouille. Je vais arriver en retard et on va me faire la gueule.

On m'introduit dans une pièce où dix chaises entourent une immense table. Le chef et le sous-chef y sont assis. Heureusement, le ministre se fait attendre.

Je serre la main de mes supérieurs et m'assois en face d'eux après m'être excusé pour mon retard. Après dix minutes en silence, la porte du fond s'ouvre et le ministre fait son entrée, suivi d'un quadra porteur d'un dossier sous le bras. J'ai déjà vu le ministre en photo, l'autre m'est inconnu. Mes supérieurs, eux, doivent le connaître, car ils échangent des sourires.

Le ministre entre aussitôt dans le vif.

– Nous sommes face à une affaire aussi désagréable que difficile, qui exige toute notre attention.

Il se tourne vers moi :

– Pouvez-vous nous dire à quel stade se trouve l'enquête, et quels sont les premiers résultats ?

Je lui fais mon rapport.

– L'intoxication alimentaire est donc exclue ? demande-t-il, comme s'il avait attendu de moi un miracle.

– L'autopsie et les analyses sont formelles, malheureusement, monsieur le ministre.

En l'absence de toute planche de salut, le ministre se décide à nager. S'adressant à nous tous :

– Ce que je vais vous dire a reçu l'aval du Premier ministre. Le gouvernement va annoncer officiellement que les causes du décès ne sont pas encore connues et que l'enquête se poursuit dans toutes les directions.

Nous nous regardons tous trois et nos regards disent la même chose : le ministre tente de retarder l'inéluctable. Reste à savoir qui va le lui dire. Deux des regards se tournent vers le chef, supérieur hiérarchique, lequel se souvient du proverbe : c'est toi le barbu, à toi le peigne. Il cherche la bonne formulation.

– Si telle est la décision, dit-il enfin, nous la suivrons, monsieur le ministre. Mais comme l'a dit le commissaire Charitos, le meurtre ne fait aucun doute. Retarder l'annonce n'y changera rien.

L'acolyte prend la parole pour la première fois.

– Ne croyez pas que nous souhaitons dissimuler le meurtre. En cet instant le gouvernement doit s'occuper de questions d'une importance décisive et nous ne voudrions pas qu'elles soient mises de côté parce que les médias seraient accaparés par le meurtre d'un ministre. Une fois ces questions réglées, nous annoncerons qu'il s'agit d'un acte criminel.

– En attendant, complète le ministre, la police ne fera aucune déclaration à ce sujet. Vous adresserez les journalistes au porte-parole du ministère, M. Rodopoulos, ici présent.

Je demande :

– Et l'enquête ? Nous la poursuivons ?

– Bien sûr. Elle reste ouverte dans toutes les directions.

– Ce qui vous arrange d'ailleurs, ajoute Rodopoulos.

– Pourquoi ?

– Vous serez tranquilles, sans journalistes dans les pattes.

C'est le genre de type qu'on déteste dès le premier regard, mais je dois reconnaître qu'il n'a pas tort.

– Et que fait-on de la sœur du ministre ?

– Vous lui donnerez la même version, répond Rodopoulos aussitôt.

– Alors il faudra garder le mort en chambre froide au lieu de le rendre à la famille.

– Pourquoi ? s'étonne le ministre.

– La famille a le droit de demander le rapport d'autopsie. Et le médecin de famille comprendra tout de suite qu'il s'agit d'un meurtre. D'ailleurs il a été le premier à avoir des soupçons. C'est par lui que tout a commencé.

– Le commissaire a raison, intervient le sous-chef. Nous ne pouvons pas cacher le crime à la famille.

Silence. Je bénis le sous-chef qui vient de me tirer d'affaire.

– Bien, dit enfin le ministre. Je parlerai moi-même à Clio Rapsani.

Et il prend congé en nous saluant d'un geste, suivi de son acolyte. Nous n'avons plus qu'à nous séparer nous aussi.

– M. Guikas va vous manquer, me dit le chef.

– D'autant plus qu'après avoir travaillé ensemble pendant tant d'années, nous nous connaissions bien.

Je me tourne vers le sous-chef :

– Je vous tiendrai au courant, lui dis-je.

– Je n'en doute pas, dit-il en souriant. Je l'ai déjà constaté.

Puis chacun reprend sa route. J'appelle Dermitzakis et lui donne rendez-vous chez Rapsanis avec Dimitriou.

La chance continue de me sourire. La circulation est fluide et quand j'arrive, la sœur est encore là.

– Le ministre vient de m'appeler, dit-elle dès que je mets le pied dans le séjour. Mais qui a bien pu faire ça ? Qui pouvait le détester à ce point ?

Et elle fond en larmes.

– Pauvre Klearkos, soupire-t-elle. Il ne méritait pas une mort pareille.

– Pouvons-nous parler maintenant ou voulez-vous attendre un moment plus tranquille ?

– Non, non, allons-y.

Elle essuie ses larmes.

– À ce que je vois, votre frère vivait seul. Il était célibataire ? Séparé ?

– Séparé. Son ex-femme vit à Paris avec mon neveu qui fait des études d'ingénieur.

– Savez-vous s'ils se sont disputés ? Si la séparation s'est faite – comment dire ? – dans une ambiance hostile ?

– Pas du tout. Lida, ma belle-sœur, est dessinatrice de mode et ne pouvait pas supporter l'obésité de mon frère. Elle disait que ce peintre colombien, qui est devenu célèbre en peignant des grosses danseuses, l'aurait trouvé trop gros pour lui. Elle a essayé je ne sais combien de fois de l'amener à maigrir, mais je vous l'ai dit, mon frère ne pouvait pas contrôler sa boulimie. Pour finir, elle a laissé tomber et demandé le divorce. Elle lui a dit qu'elle ne pouvait plus vivre avec un homme qui offensait son sens esthétique et creusait sa tombe avec ses dents. Mais ils se sont quittés bons amis.

Enfin, si l'on veut chercher la petite bête, ce n'est pas l'obésité qui l'a tué, mais sa boulimie. Tout autre ministre aurait envoyé le gâteau à la Sûreté pour le faire contrôler.

En tout cas, il semble exclu que l'épouse ait trempé dans le meurtre, vu ce qu'en a dit Clio Rapsani.

– A-t-il eu des ennuis du temps qu'il enseignait à l'université ?

– Vous pouvez demander à la fac de droit où il donnait ses cours, mais je vous le répète, la seule chose laide

61

qu'il avait, c'était son volume. Quant au reste, il était d'une noblesse exceptionnelle.

La sonnette nous interrompt. Je dis à la sœur que je n'ai plus de questions. Dans l'entrée Dermitzakis m'attend avec Dimitriou et son adjoint. J'envoie les miens faire un tour dans le coin, histoire de ramener, à défaut de gros poissons, un peu de menu fretin, et laisse Dimitriou chercher des empreintes digitales.

Je retourne à la cuisine interroger la femme de ménage.

– Tu m'as dit qu'une jeune femme a apporté le paquet. Tu te souviens à quelle heure ?

– Pas exactement, mais c'était tôt dans l'après-midi.

– Elle t'a dit quoi ?

– C'est un cadeau pour le ministre.

– Et c'est ce que tu as dit au ministre ?

– À peu près. « On a apporté un cadeau pour vous, monsieur le ministre. »

– Et il a fait quoi ?

– Il a ouvert le carton, vu le gâteau et pris une cuiller pour se jeter dessus.

Elle le dit sans mépris, tristement. Que savaient-ils de lui, ses assassins ? Ils devaient se douter qu'il allait craquer.

Je n'ai plus rien à faire ici et ne pense pas être obligé de revenir. Je salue Clio Rapsani et descends dans la rue.

Dervisoglou m'attend à l'entrée.

– J'ai trouvé quelqu'un à qui vous devez parler, je crois, monsieur le commissaire.

– Allons-y.

Il m'emmène au kiosque à journaux d'en face.

– Raconte au commissaire ce que tu as vu avant-hier, dit-il au kiosquier.

– J'ai vu une fille en vélomoteur s'arrêter devant l'entrée de l'immeuble. Elle a sonné, un sac en plastique à la main, puis elle est entrée.

– Tu te souviens de l'heure ?

– Non. C'était l'après-midi.

– Elle était habillée comment ?

– Comme tous les jeunes aujourd'hui : T-shirt, jean, baskets. Autrefois on se moquait des enfants de Mao, tous habillés pareil. Maintenant on n'a plus Mao, mais nos enfants font la même chose.

– Sa couleur de cheveux ?

– Elle portait un casque.

– Comment as-tu vu que c'était une fille ?

– À sa silhouette.

– C'était un vélomoteur de livraison ?

– Non. Elle avait le sac en plastique accroché au guidon.

Je laisse Dervisoglou et Dermitzakis continuer et m'apprête à quitter les lieux quand il me vient une idée. Rapsanis enseignait la philosophie du droit. Katérina, qui est juriste, a peut-être entendu parler de lui. Je l'appelle.

– Dis-moi, Katérina. Klearkos Rapsanis, ça te dit quelque chose ?

– Hardy ?

– Comment, Hardy ?

– Allons, papa, Laurel et Hardy, tu ne te souviens pas ? C'est pourtant ton époque. Les étudiants ont surnommé Rapsanis Hardy parce qu'il était gros. Moi, j'ai étudié à Thessalonique et ne l'ai pas eu comme prof. Mais si tu veux, je peux me renseigner.

Nous voilà bien, me dis-je. Une fouine poursuivant l'assassin de Hardy.

9

Je m'apprête à regagner mes foyers, lorsque m'arrête un appel de Guikas.

– Monsieur le directeur vous attend dans son bureau.

Au lieu de m'appeler personnellement, il continue de passer par sa secrétaire et de me considérer comme son subordonné.

Le choc une fois digéré, je le comprends. Ce n'est pas facile d'accepter la retraite. Dans l'armée, au moins, les officiers sont « en congé d'activité ». Cela n'existe pas chez nous, qui ne sommes que des « ex ». On a beau se rêver en pêcheur avec délectation, on va rester un « ex » jusqu'à la fin de ses jours.

De retour à la Sûreté, je monte directement au cinquième.

– Il est là, me dit Stella.

– Il vient tous les jours ?

– Oui, mais pas longtemps. Il passe quelques appels et puis s'en va. Il ne s'intéresse pas du tout au service.

J'entre dans son bureau et il m'accueille avec ce sourire qu'il arbore, ces derniers temps, comme un masque protecteur contre une atmosphère polluée.

– J'ai appris que le ministre vous a convoqués.

– Oui, à propos de la mort du ministre Rapsanis.

Je lui fais un résumé.

– Et moi, il m'a laissé de côté, dit-il amèrement.

– Il n'a sans doute pas voulu vous déranger, maintenant que vous préparez votre départ.

J'ai l'impression de consoler un malade, mais je n'ai rien trouvé de mieux.

– Non, dit-il. Je suis simplement passé dans la catégorie inférieure. Sur une voie de garage. Et ils me laissent mon bureau le temps que j'achève mon déménagement.

Voilà qui confirme mes pensées. Il soupire.

– Ce n'est pas facile, Kostas. On peut se raconter des histoires, se dire qu'on échappe aux problèmes, qu'on n'a plus à plonger dans la merde, mais au fond de soi on le sait, on est désormais de trop, et ça fait mal.

Il change de ton brusquement.

– En tout cas, vous vous en êtes bien sortis, le sous-chef et toi. Vous avez laissé le ministre tirer les marrons du feu. Dans ces cas-là, quoi que fasse la police, on lui tombe dessus. Donc, c'est à eux de s'y mettre.

Il me regarde.

– Toi, continue. Tu as trouvé dans le sous-chef un supérieur conciliant. Évite de n'en faire qu'à ta tête et de tout gâcher.

Il rit.

– Qu'est-ce que je te disais ? Je continue de me prendre pour ton supérieur.

– Vous n'avez pas besoin d'être mon supérieur pour me donner des conseils.

Satisfait, il se lève et me tend la main.

– On en reparlera. De toute façon je suis là pour quelques jours encore.

Je descends tout droit au garage sans détour par mon bureau, Dieu sait ce qui pourrait me tomber dessus.

Rentré chez moi, je trouve Adriani en train de repasser.

– J'avais tout un tas de linge après les vacances. J'ai bientôt fini.

Je m'assois pour lui tenir compagnie. Au bout d'un moment elle rompt le silence.

– On pourrait inviter Kalliopi, Tassia et Aryiro à dîner un soir, qu'en penses-tu ? Elles sont gentilles, on s'est bien plu avec elles. Pourquoi ne pas continuer ?

Jusqu'à présent elle ne fréquentait que la famille, à l'exception de Zissis et du couple Mania-Uli. Il est normal qu'elle veuille élargir le cercle.

– Bien sûr, dis-je. Organise tout comme ça t'arrange.

Satisfaite, elle range le linge et la table à repasser, puis met le couvert. Il nous reste du feuilleté aux poireaux d'hier. Elle prépare une salade de tomates et nous mangeons. Les poireaux sont délicieux, je me jette dessus, mais avant que j'aie pu finir un appel m'interrompt. C'est Katérina.

– Papa, tu es devant la télé ?

– Non, devant mes poireaux.

– Allume la télé tout de suite. On parle de ton Hardy.

Je mets quelques secondes avant de percuter.

– Qu'est-ce qu'on en dit ?

– C'est la panique.

Et elle raccroche.

Je cours vers le poste, suivi par Adriani.

– Qu'est-ce qui te prend ? C'était qui ?

Sans répondre, j'actionne la télécommande et tombe sur les infos. La présentatrice interroge un certain Stakatos, directeur de l'info de la chaîne.

– Comment la proclamation nous est-elle parvenue, monsieur Stakatos ?

– D'une façon que je qualifierais d'archaïque, digne du terrorisme d'après la dictature. Nous avons reçu un appel anonyme. Une voix a dit que devant nos bureaux, dans un sac, se trouvait une proclamation concernant le meurtre du ministre Rapsanis. Je suis allé personnellement prendre le sac. Vous connaissez la suite.

– Cette proclamation est tout à fait atypique, pour ne pas dire unique, tout comme l'assassinat lui-même. N'êtes-vous pas d'accord ?

– Tout à fait. Selon moi nous avons affaire à un déséquilibré, qui tente après coup de maquiller son meurtre en acte terroriste.

La présentatrice reprend :

– Laissons maintenant les téléspectateurs qui viennent de nous rejoindre lire la proclamation.

Et le texte apparaît sur l'écran :

Hier nous avons exécuté Klearkos Rapsanis pour haute trahison. Klearkos Rapsanis a trahi la mission sacrée du Maître. Il a sacrifié ses étudiants, les a privés de son savoir, pour entrer en politique et s'assurer un portefeuille de ministre. Et ce à une époque où nos universités, confrontées à d'énormes problèmes financiers, ne peuvent créer suffisamment de postes pour assurer tous les enseignements nécessaires. Une telle trahison est passible de mort.

La mort de Klearkos Rapsanis est dédiée à la mémoire de Ioannis Theodorakopoulos, professeur de philosophie à l'Université Aristote de Thessalonique, à l'Université nationale Kapodistrias d'Athènes et à l'Université Panteion de 1939 à 1967. Non seulement Ioannis Theodorakopoulos n'a jamais abandonné ses étudiants, mais il a

continué d'offrir ses connaissances après la fin
de sa carrière universitaire au sein du Centre de
recherches en philosophie grecque de l'Académie
d'Athènes, dont il fut le fondateur, et par l'annuaire
du Centre de philosophie. Qu'il vive à jamais dans
nos mémoires !

Le texte disparaît, et la place du directeur de l'info est prise par un barbu à lunettes.

– Nous avons avec nous le professeur de droit civil Nikolaos Boròssis. Monsieur le professeur, quel est votre point de vue sur ce meurtre et sur cette proclamation ?

– La mort de Klearkos a été un coup terrible pour tous ses collègues, mais cette déclaration ajoute la colère à la douleur. Qui sont-ils, ces juges autoproclamés, pour se permettre d'exécuter un grand professeur, lequel a estimé que son devoir était de servir son pays au poste de ministre ? Après tout, ce n'était qu'une orientation provisoire. Le moment venu, il aurait rejoint l'université.

– Mais c'est exactement ce que certains reprochent à vos collègues, monsieur le professeur : ils ont le beurre et l'argent du beurre. Ils laissent tomber l'université, et dès qu'ils perdent les élections ou leur fauteuil de ministre, ils y retournent.

– Chacun de nous sert son pays au poste qu'il a choisi, et ce qui compte, c'est qu'il fasse bien son travail. Or Klearkos a excellé aussi bien dans l'enseignement qu'en politique. J'espère que la police arrêtera les coupables sans tarder.

La suite ne m'intéresse pas. J'ai déjà compris que le professeur suit le bon vieil adage grec : « Ne dis pas du mal de ta maison, elle te tombera dessus. » Ce qui n'est pas très scientifique, mais peu importe.

J'éteins et appelle Dervisoglou.

– Dis-moi, Photis, quand tu étais à l'Antiterrorisme, tu as rencontré des cas où l'arme du crime était le parathion ?

– Non, monsieur le commissaire. Nos terroristes à nous tuent au pistolet, au pire ils lancent une bombe. Et je pense que ceux de l'étranger font pareil.

– Ils vont se mettre au poison.

Je raccroche, mais sans entrain. Je vois qu'il s'agit d'un meurtre atypique et ce genre de meurtre vous donne toujours la migraine.

– Tu peux me dire ce qui se passe ? demande Adriani.

Je lui explique et elle hoche la tête.

– Les efforts, c'est bien, mais l'homme a aussi besoin d'un peu de chance. Et toi, mon vieux, tu n'as pas de veine.

– Pourquoi ?

– On parlait d'ouvrir une brèche et toi tu te heurtes à un gros qui bouche même les portes.

Au moment de rejoindre notre chambre le téléphone sonne. C'est le sous-chef.

– Le ministre nous attend demain matin à neuf heures, monsieur le commissaire, dit-il.

10

La plus grande malédiction, c'est de commencer la journée par une rencontre avec le ministre. Traversant l'avenue Mesoyion, je me demande comment faire pour bien m'en sortir. Je sais ne pouvoir compter ni sur le chef ni sur le sous-chef : ils ont beau ne pas être indifférents ou mal disposés à mon égard, ils ignorent tout des diverses variétés d'homicides.

C'est là que me manque le secours de Guikas : il savait, lui, quand jouer le rôle du sauveteur. Mes deux nouveaux supérieurs ne peuvent même pas servir de bouée.

Je me retrouve devant la grande table aux dix chaises. Cette fois je suis le premier. À peine assis, je me dis que j'aurais dû apporter un dossier. Même sans rien dedans, il aurait souligné l'importance de la rencontre.

L'arrivée des deux autres interrompt mes pensées. Ils s'assoient en face de moi. Nous nous regardons. Apparemment, aucun des trois n'est enthousiaste.

– Avons-nous du nouveau, monsieur le commissaire ? demande le chef.

– Rien, à part la déclaration.

– Croyez-vous que ce meurtre puisse être un acte terroriste ? poursuit le sous-chef.

– Des terroristes armés d'un pesticide ? commente le chef. Ce serait une première mondiale.

L'arrivée du ministre met fin à l'échange. Cette fois il est seul et entre aussitôt dans le vif du sujet.

– Messieurs, cette déclaration complique les choses. D'abord, nous ne pouvons plus retarder l'annonce officielle de l'assassinat, et cela nous pose problème. Ensuite, nous sommes confrontés à l'hypothèse d'un acte terroriste.

– Si nous avons affaire à un acte terroriste impliquant du parathion, monsieur le ministre, dit le chef, alors nous pouvons être fiers. La Grèce aura gagné une fois de plus le premier prix d'originalité.

– Quel peut être le but d'une organisation terroriste ? s'interroge le sous-chef. Forcer les professeurs d'université devenus ministres à retourner à l'université, ou terroriser ceux d'entre eux qui rêvent d'une carrière politique ? Les terroristes cherchent à renverser le système. Les enseignants les laissent indifférents.

– Quelle est votre opinion, monsieur le commissaire ? demande le ministre.

– Je suis d'accord avec mes deux supérieurs. Cependant, l'acte est revendiqué, et ce genre de revendication est une forme de terrorisme. Je propose que la Brigade antiterroriste soit associée à l'enquête, pour toute éventualité.

Chacun approuve et le ministre passe à la question suivante :

– L'enquête a-t-elle apporté de nouveaux éléments ?

– Non, monsieur le ministre. Nous nous sommes limités au médecin de famille, à la sœur de la victime et à la femme de ménage. Si nous élargissons l'enquête, les rumeurs se répandront vite.

– Pour le plus grand bonheur des médias, commente le chef.

– Une première constatation : ceux qui ont déposé le gâteau connaissaient la gourmandise du ministre.

Le ministre sourit.

– Ce n'était pas bien difficile. Tout le monde était au courant, depuis ses collègues enseignants jusqu'au plus petit employé du ministère.

– Nous savons aussi que le gâteau a été livré par une jeune femme à vélomoteur.

– Une jeune femme ? s'étonne le ministre.

– Oui. Elle portait un casque et des vêtements unisexes.

– Qu'est-ce que cela signifie ? demande le chef.

– Dans un sens, cela peut conforter l'hypothèse terroriste. Les femmes sont nombreuses dans ces groupes-là. D'un autre côté, cela ne veut peut-être rien dire. N'importe qui peut payer une jeune femme pour aller livrer un gâteau.

– En tout cas, maintenant vous êtes libres d'enquêter sans restrictions. À part une seule : les déclarations à la presse. Elles nous sont réservées exclusivement. Vous vous contenterez d'informer M. Rodopoulos quant à la progression de l'enquête.

Je me retiens pour ne pas lui exprimer ma gratitude. Il se lève, nous salue et s'en va. Le chef appelle son bureau.

– Il va falloir nous concerter pour éviter les embrouilles avec Rodopoulos, dit-il. Il dira tantôt qu'on ne l'a pas informé à temps, tantôt que les informations sont insuffisantes et cela n'en finira pas. Je le connais depuis qu'il a mis le pied au ministère, en compagnie du ministre.

– Nous allons jouer à cache-cache, dit le sous-chef hilare. Monsieur le commissaire vient sans arrêt au rapport. Je vais simplement lui demander de détailler davantage. À partir de cette base je rédigerai un bulletin de presse quotidien que je remettrai à Rodopoulos. S'il veut l'enrichir de ses propres cogitations, il en prendra la responsabilité. Quant à moi je garderai un double de mes envois.

Il se tourne vers moi.

– Si M. Rodopoulos vous demande un complément d'information, vous lui direz de passer exclusivement par moi.

– Bravo, Prodromos, commente le chef. C'est la bonne solution.

Je me contente de le remercier chaleureusement, tout en bénissant la providence qui m'épargne la pression de la meute des journalistes.

Sur le chemin du retour, je me dis que je suis passé des sentiers de montagne du précédent sous-chef à l'autoroute de celui-ci. Prodromos Kapsidis ne me donne pas de conseils, ne s'efforce pas non plus de m'ouvrir les yeux sur les intrigues qui m'entourent, comme Guikas, il me couvre simplement pour que je fasse mon boulot tranquillement.

Je rejoins mon repaire de bonne humeur. Muni de mon café et de mon croissant, je vais voir Karabetsos dans son bureau. Je préfère aller à lui plutôt que de le convoquer dans le mien et créer une relation de supérieur à inférieur qui n'a pas lieu d'être.

En me voyant il se met à rire.

– Si tu m'avais dit qu'on prendrait le petit-déj' ensemble, je t'aurais fait venir dans un café de l'avenue Kifissias, qui fait d'excellentes omelettes au bacon.

– Je ne suis pas venu pour ça, mais on m'a envoyé chez le ministre aux aurores pour l'affaire Rapsanis et je n'ai même pas eu le temps de boire mon café.

Je lui résume la réunion. Il m'écoute attentivement, puis sourit.

– Tu le sais aussi bien que moi : les attaques terroristes au poison, ça n'existe nulle part au monde. Les probabilités de ce côté-là sont donc nulles.

– Quasi nulles.

– Pourquoi quasi ?

– À cause de la déclaration. Une déclaration exclut d'avance toute une série de mobiles. Le crime passionnel, par exemple, le différend conjugal, les mobiles économiques. La déclaration mentionne un mobile très précis.

– Cette histoire d'universitaires assassins, au risque de te décevoir, ça me paraît tiré par les cheveux.

– C'est vrai, mais dans la mesure où nous sommes dans le brouillard, il ne faut rien exclure. Nous allons essayer d'y voir plus clair auprès de ses proches. J'aimerais que de ton côté tu t'occupes de la déclaration, qu'on sache ce qui se cache derrière. C'est vous les spécialistes.

– D'accord, on s'en charge.

– Bien. Nous restons en contact.

Je quitte son bureau avec une moitié de croissant et une demi-tasse, et vais chercher mes adjoints dans leur bureau pour préparer un plan d'action. Dès qu'ils sont installés dans le mien, j'attaque :

– Par où commence-t-on ?

– À mon avis, par l'université, répond Dermitzakis.

– Pourquoi ? demande Dervisoglou.

– D'abord, la déclaration dit clairement que le meurtre est lié à l'université. Donc il est logique de commencer par là. Ensuite, si nous allons voir les politiques, nous ne saurons jamais s'ils veulent nous parler et s'ils diront la vérité.

– D'accord, dit Koula, mais à l'université aussi on doit savoir qui contacter pour obtenir les premiers renseignements. On ne peut pas frapper à toutes les portes au hasard.

Je demande à Dervisoglou :

– Toi, Photis, tu as étudié le droit, je crois ?

– Exact.

– Tu as eu Rapsanis comme professeur ?

– Pour un semestre seulement, monsieur le commissaire. Puis il a pris un congé sabbatique d'un an et on ne l'a plus revu.

– Donc il a fait sa campagne électorale tout en étant payé par l'université. Pas mal, commente Dermitzakis.

– Qui l'a remplacé ? demande Koula.

– Un maître de conférences, Fenekidis.

– Il faudrait peut-être commencer par lui, dis-je en pensant tout haut.

– On pourrait faire autre chose parallèlement, intervient Askalidis pour la première fois.

– Quoi donc ?

– Je pourrais aller à la fac de droit et traîner à la cafétéria pour écouter les conversations.

– Thanos, tu es fou ? réplique Dermitzakis. Tu vas te jeter dans la gueule du loup. Dès que les gros bras t'auront repéré, tu te feras démolir.

– Je suis de Patras. Je n'ai jamais mis les pieds à la fac d'Athènes. On ne va pas me reconnaître. D'ailleurs j'ai un pote qui fait un troisième cycle en droit familial. Je peux y aller avec lui.

Je comprends qu'il faut couper court.

– Impossible, Thanos. Nous saluons tous ta bonne volonté et ton courage, mais quand nous irons là-bas, je te prendrai avec moi en tant que flic.

Je demande à Dervisoglou de collecter des infos sur le remplaçant, quant à moi je me prépare à recourir encore à Clio Rapsani, qui pourra m'éclairer sur les relations universitaires de son frère.

Je viens de décrocher lorsque Koula revient dans mon bureau.

– Il y a là un jeune type dans les vingt-cinq ans qui veut vous voir.

– Qui est-ce ?

– Solon Rapsanis, le fils de Klearkos.

11

C'est un garçon grand et mince, genre échalas,
mal rasé. Debout à un pas de la porte, il me regarde,
l'air gêné.

– Vous êtes Solon Rapsanis ?

– Oui. Le fils du ministre.

Et il s'approche.

Je lui fais signe de s'asseoir.

– Vous êtes venu pour l'enterrement de votre père ?

– Ma tante Clio m'a demandé d'aller vous voir au
cas où vous auriez des questions à me poser. Je n'ai
de relations qu'avec ma tante. Avec mon père, et ma
mère, plus rien.

Il attend ma réaction, mais je reste muet. Que lui dire,
moi qui ne laisse pas passer un jour sans appeler ma
fille, laquelle vient dîner à la maison avec mon gendre
deux fois par semaine ?

Me voyant sans réaction, le fils continue.

– Autant devancer vos questions. J'ai grandi avec
une mère qui passait toute la journée dans son atelier,
en oubliant la maison, et un père qui passait la moitié
de sa vie à la fac et l'autre enfermé dans son bureau.

Il esquisse un sourire.

– Pardon. C'est inexact. Il allait du bureau à la cuisine. Et quand maman rentrait, ils se criaient dessus.

– À cause de son alimentation ?

– Ma tante vous l'a dit ? C'était le seul sujet de dispute où ma mère avait toujours raison. Si mon père avait pu déménager dans un restaurant pour manger toute la journée, il l'aurait fait. Maman ne pouvait plus le voir. Elle est très mince, et en cela je lui ressemble, heureusement.

– Quand ont-ils divorcé ?

– Quand j'ai terminé le lycée. C'est ce que ma mère attendait. Dès qu'elle a confié le divorce à un avocat, elle m'a emmené à Paris. Je suis entré à la fac de Lyon, pour être loin d'elle aussi. Mon père enseignait la philosophie, ma mère dessine des vêtements en espérant devenir Coco Chanel un jour, et moi j'ai choisi d'être ingénieur pour n'avoir aucune relation professionnelle avec eux.

– J'ai compris que vous n'aviez aucun contact avec votre père. Avez-vous tout de même connu l'un de ses amis, ou de ses collègues, qu'il appréciait particulièrement ?

Il hausse les épaules, mais réfléchit.

– Quand j'étais au lycée, mon père m'emmenait parfois à la fac rencontrer des amis à lui. Un jour il m'a présenté à un professeur de droit, plus âgé que lui. Il était très excité. Il répétait : C'est le meilleur, c'est le meilleur.

– Vous vous souvenez encore de son nom ?

Il cherche.

– Oui… Kardassis… Manolis Kardassis.

– Je vous remercie. Vous nous avez bien aidés, monsieur Rapsanis.

Il se lève, mais avant d'atteindre la porte il s'arrête et se retourne vers moi.

– Je ne serais même pas allé à l'enterrement, mais ma tante me l'a demandé. C'est la seule personne que j'aime dans la famille. Tout le reste, je le déteste, et jusqu'à mon nom. C'était une idée de mon père, qui voulait que je devienne juriste. Ma vie a été un enfer à l'école, dans le primaire puis au lycée. Un jour j'ai dragué une fille de ma classe et elle m'a répondu : « Désolé, Solon, mais avec un nom pareil tu vas rester en solo. » Et ce n'est pas mieux en France. Là-bas, quand on m'appelle Solon, moi j'entends « saumon » et ça m'énerve.

Il ouvre la porte et sort sans me saluer.

– Un instant, dis-je.

Il s'arrête.

– Donnez-moi un numéro de téléphone, au cas où.

Il m'en donne deux, un grec et un français. Puis il me tend la main.

– Excusez-moi, je ne vous ai pas salué. Mais quand je parle de ma famille, je perds les pédales.

Dès qu'il est sorti, j'appelle Koula.

– Trouve-moi des infos sur Manolis Kardassis, professeur de droit. C'est urgent.

Je m'apprête à terminer mon croissant et mon café froid, mais cette fois c'est Askalidis qui m'interrompt.

– Vous m'avez dit que je ne pouvais pas aller à la fac de droit, mais j'ai une autre idée.

– Dis-moi.

– Je pourrais faire un tour dans les cafés où vont les étudiants, de Kessariani à Exarkia. Là on ne va pas me demander qui je suis. Je suis un client. Je peux même prendre un ami sûr avec moi. Je veux simplement écouter ce qu'on dit.

– C'est une bonne idée, tu peux y aller. C'est très bien d'y avoir pensé. Mais fais attention. Ne te mêle pas aux discussions. Tu écoutes et tu viens au rapport, c'est tout.

Son visage s'éclaire et il repart satisfait. Je me dis que Patras nous a envoyé là un aigle. Et aussitôt je me sens malheureux. La police elle aussi est un service public, comme tous les autres. Personne ne voit d'un bon œil celui dont les initiatives le distinguent du troupeau. La carrière d'Askalidis risque de rester bloquée, comme la mienne. Il va donc falloir que je le protège. Je me vois dans le rôle de Guikas et cela ne me plaît pas du tout.

Koula arrive bientôt avec la bibliographie de Kardassis, qui ne m'intéresse pas, et le fixe de son bureau que lui a fourni son secrétariat. On a refusé de lui donner son numéro de portable.

J'appelle aussitôt et une voix me répond :

– Kardassis.

– Commissaire Charitos, monsieur le professeur. Nous enquêtons sur le meurtre de votre collègue Klearkos Rapsanis et j'aimerais vous rencontrer.

Un silence.

– Vous me convoquez à la Sûreté ? demande-t-il, glacial.

– Non. Je veux seulement vous poser quelques questions concernant la vie professionnelle de la victime.

– Vous pouvez venir à mon bureau ?

– Bien sûr.

L'avenue Alexandras est bloquée, mais cela s'arrange un peu dans la rue Ippokratous. Je laisse la Seat dans le parking de la rue Asklipiou, entre dans la fac et le secrétariat m'indique le bureau du professeur Kardassis.

C'est un petit homme qui a passé la soixantaine, sûrement proche de la retraite. Il se lève, me tend la main et me fait asseoir.

– Je vous écoute. Que voulez-vous savoir ?

– Nous avons appris que vous étiez un ami de la victime. Vous pourrez peut-être nous donner sur lui des informations utiles.

Il sourit.

– Je suis juriste et respecte le secret professionnel, monsieur le commissaire. Je sais que vous n'êtes pas obligé de me dévoiler vos sources. Cependant, si vous n'êtes pas contraint au silence, je suis très curieux de savoir qui vous a dit que j'étais l'ami de Klearkos Rapsanis.

– Ce n'est pas un secret. Nous tenons cela de son fils.

Il hoche la tête.

– Son fils. Qu'est-il devenu, ce pauvre garçon ?

– Il a fait des études d'ingénieur et vit à Lyon, à ce qu'il nous a dit.

– Tant mieux, dit-il, et il répète : Tant mieux.

Puis, changeant de ton :

– Mais venons-en à notre affaire. Je n'étais pas l'ami de Rapsanis, monsieur le commissaire. Rapsanis voulait être mon ami.

Il me voit perplexe et poursuit :

– Vous connaissez sûrement sa passion pour la nourriture. Ce qu'on ne vous a sans doute pas dit, c'est que sa boulimie ne s'arrêtait pas là. Il était boulimique à l'université, dans ses programmes et le financement de ses recherches. La seule chose qui comptait pour lui, c'était de se faire mousser. La gloutonnerie est visible à l'œil nu. Mais la voracité professionnelle n'est connue que dans notre petit cercle.

– Vous pensez que c'est cela qui l'a amené à la politique ?

– Tout à fait. Cela et rien d'autre. Il était étroitement lié au parti qui en a fait plus tard un député. Il était toujours fourré dans ses bureaux, soutenait tous les candidats que le parti lui indiquait. Aux élections rectorales il suivait les directives du gouvernement.

– D'après ce que vous me dites, il devait avoir des ennemis à l'université.

Il m'adresse un sourire condescendant.

– C'est vrai, mais si vous croyez que d'être bombardé député puis ministre a aggravé cette haine, alors vous vous trompez.

– Pourquoi ?

– Parce qu'il a rompu ses relations avec l'université en devenant ministre, ce qui a soulagé ses collègues, d'autant que le financement de leurs recherches a augmenté. Alors pourquoi tuer la poule aux œufs d'or ?

Je n'y avais pas pensé. Kardassis me voit songeur et poursuit :

– Le plus vraisemblable, c'est qu'il ait été liquidé par ses adversaires politiques. Rapsanis est arrivé de nulle part et a privé du fauteuil de ministre un professionnel de la politique. Logiquement, ces gens-là ont dû le détester.

Son interprétation me paraît tirée par les cheveux, mais d'un autre côté il me semble normal que ses collègues universitaires, débarrassés de sa présence, n'aient pas voulu le tuer.

La situation n'a rien donné d'extraordinaire, mais elle m'a permis d'envisager d'autres hypothèses, dans le domaine politique surtout, auquel je n'avais pas pensé jusqu'à présent.

N'ayant plus de questions, je me lève et le remercie. Il se lève à son tour.

– Vous avez mon numéro, dit-il. En cas de besoin, appelez-moi.

Avant d'ouvrir la porte, je m'arrête et demande :

– Pensez-vous qu'il soit utile que je parle à un autre de vos collègues ?

Il hausse les épaules.

– Vous pouvez, mais n'attendez pas grand-chose. Ne vous y trompez pas, nous sommes une corporation, et dans les corporations on ne dit pas du mal d'un autre membre, surtout quand celui-ci est mort assassiné. Ne me prenez pas pour exemple. Je pars à la retraite dans un an, donc je suis hors-jeu.

Il réfléchit.

– Évidemment, il y a Seferoglou. C'est avec lui que Klearkos a fait sa thèse. Seferoglou l'a aussi aidé à se faire élire. Malheureusement il est à la retraite depuis des années et je ne sais pas où il habite. Je vais tâcher de me renseigner et je vous appellerai.

Je le remercie de nouveau et prends congé. En route je cherche un moyen de contacter des politiques proches de Rapsanis. Ce qui n'est guère facile et devra se faire avec l'aval du ministre, faute de quoi je mettrai ma tête sur le billot. Mais si je demande la permission au ministre, c'est lui qui choisira mes interlocuteurs et cela ne m'arrange pas du tout.

Si Sotiropoulos était encore vivant, je m'y retrouverais facilement : il avait ses entrées partout. Je cherche un journaliste de confiance, de ceux qui assiègent mon bureau après chaque meurtre, mais là encore j'hésite. Le ministre a mis son veto à nos contacts avec les journalistes, et s'il apprend que j'en ai eu derrière son dos, non seulement je ne franchirai pas la brèche, mais je la boucherai avec du béton.

Mon seul espoir, c'est Seferoglou. Demain je chargerai Koula de chercher à savoir où il vit. La solution en attendant, c'est Fenekidis, qui a remplacé Rapsanis quand il s'est lancé dans la politique. Mais Fenekidis est membre de la corporation, lui aussi.

12

En ouvrant la porte, je tombe sur Adriani habillée, pomponnée, prête à sortir.

– Qu'est-ce qui se passe ? Qui nous invite à dîner ? Mania et Uli rentrés d'Allemagne ?

– Non, pas eux.

– Alors qui ?

– Nos copines des vacances. Aryiro nous invite à dîner pour nous rappeler ces bons moments.

Bons moments, d'accord, et il est bon de se les rappeler, mais je viens de rencontrer le ministre, le fils Rapsanis, un professeur de droit et je suis mort de fatigue.

– On ne peut pas reporter ? Ce soir je ne tiens plus debout.

– Qu'est-ce que tu crois ? Aryiro a sûrement préparé à manger. Qu'est-ce qu'elle va faire de ses petits plats, nous les envoyer dans un Tupperware ? Les distribuer aux ONG ?

Elle ne m'a pas consulté, je pourrais me plaindre, mais je sais à quel point elle souhaite garder le contact avec les trois Grâces et je ravale mes reproches.

L'autre problème, c'est qu'Aryiro habite Maroussi et cela fait une trotte. Je remonte à contrecœur dans la Seat, avec Adriani à mon côté. L'avenue Kifissias est embouteillée jusqu'au tournant vers Halandri, puis tout s'arrange. Aryiro habite rue Spyrou Loui.

Kalliopi et Tassia, déjà sur place, nous serrent dans leurs bras.

– À table ! lance Aryiro. Ça va refroidir.

Elle nous a préparé des haricots géants et du *stamna-gathi* avec du poulpe au vinaigre et de la truite fumée. Elle ouvre une bouteille de vin blanc, remplit nos verres et lève le sien.

– À la nôtre ! Que toutes nos vacances nous laissent de tels souvenirs et de telles amitiés !

On trinque avant de se jeter sur la nourriture. Le *stamnagathi* est l'un de mes plats favoris.

Nous reparlons de l'Épire, de notre auberge et surtout des Allemands volants.

Après les hors-d'œuvre, Aryiro apporte le plat principal, du mérou à la mode de Spetsès. Les femmes poussent des cris d'admiration, et moi je me réjouis de ce qu'Aryiro ne cuisine pas comme Adriani, ce qui exclut tout antagonisme culinaire entre elles.

Je me jette sur le mérou, car je n'ai pas mangé de poisson depuis longtemps : Adriani n'en prépare pas souvent. Quelques bribes de la conversation parviennent à mes oreilles, mais tout à mon plaisir je n'y prête guère attention. Jusqu'à cette remarque de Kalliopi :

– On dirait que notre conversation n'intéresse pas du tout le commissaire.

Au même instant je croise le regard réprobateur d'Adriani et comprends que je dois me justifier.

– C'est la faute à ton mérou. Il est si délicieux que j'oublie tout le reste.

– C'est vrai, renchérit Tassia. Mais tu dois avoir d'autres choses en tête, Kostas, j'en ai peur.

– Quoi donc ?

– Le meurtre du professeur. C'est quoi son nom ? Kapsanis ?

– Rapsanis. C'est une affaire embrouillée, d'accord, mais là je n'y pensais pas.

– Et si on avait là une répétition de l'histoire d'Œdipe ? dit Aryiro.

– De qui ? demande Adriani.

– D'Œdipe, le roi de Thèbes, qui a tué son père Laïos. On a peut-être ici un nouveau parricide ?

Œdipe me dit quelque chose, Laïos non, et surtout je déteste parler des enquêtes qui me torturent en dehors du service. Mais je m'efforce de rester poli.

– Impossible. Le fils Rapsanis vit en France et s'y trouvait au moment du crime. Je ne me souviens pas pourquoi Œdipe a tué son père, mais ce garçon n'avait aucune raison de supprimer le sien. Ses parents étaient séparés et il n'avait plus de contacts avec lui depuis la fin du lycée. D'autant que je vois mal comment il aurait pu envoyer un gâteau empoisonné depuis la France.

– Si tu veux mon avis, Kostas, intervient Kalliopi, c'est une femme qui a fait le coup.

Pour l'instant je savoure mon repas et je me fiche de savoir si l'assassin est une femme, un homme ou un ange. Mais je me contiens et fais semblant de m'intéresser.

– Qu'est-ce qui te fait croire ça ?

– Le parathion est l'arme des femmes. Il s'agit peut-être d'une vengeance amoureuse ?

– Tu dérailles, Kalliopi ! s'écrie Tassia. Tu imagines ce pachyderme en bourreau des cœurs ? Et puis le parathion, les femmes le mettent dans la *fanouropita*. C'est cela qu'il a mangé ?

– Non.

– Si vous aimez tellement la *fanouropita*, lance Adriani, venez chez nous, je vous en servirai une. J'ai une excellente recette, sans parathion.

– D'accord, Adriani, dit Aryiro. En attendant je vais chercher le dessert.

– Excuse-moi, Kostas, dit Tassia. J'adore les histoires policières.

– Alors venez chez nous, Kostas vous en racontera. Je vous ferai du tilleul, puis j'irai dans la cuisine, moi je n'ai aucune envie de les entendre.

Toutes éclatent de rire et Aryiro apporte un plateau de *bakhlava*.

– Pour t'éviter l'angoisse et te laisser profiter de ton dessert, dis-je à Tassia, sache que pour l'instant l'enquête est au point mort.

– Merci, Kostas. Je vais pouvoir me concentrer sur mon *bakhlava*.

Adriani se signe, comme chaque fois qu'elle veut montrer son étonnement devant mes propos.

Le *bakhlava* est délicieux et nous lui faisons honneur. À la fin du repas mon estomac est comme lesté de plomb. J'attends une demi-heure, comme l'imposent les usages, puis je prétexte un réveil aux aurores le lendemain et nous prenons congé, non sans remerciements et embrassades.

– Mais qu'est-ce qui lui prend, à Tassia, de s'intéresser aux crimes ? demande Adriani une fois assise dans la Seat.

– Elle fait comme toi.

– Comment ça ?

– Elle suit les séries policières à la télé. Et quand par chance elle tombe sur un vrai crime et sur le flic chargé de l'enquête, elle ne se sent plus. Elle préfère le *live*, comme on dit maintenant. Et le *live*, là, c'est Rapsanis et Charitos.

– Moi j'ai le *live* à la maison, mais je préfère les histoires d'amour et de familles. Tes histoires à toi ne m'intéressent pas, même si tu es fier de ton *live*.

Arrivés chez nous, je prends un Alka-Seltzer. C'est plus prudent si je veux dormir avec un tel poids sur l'estomac.

13

Mon estomac gonflé semble rempli de cailloux. Je supprime le croissant et me limite au café.

Arrivé dans le couloir, je trouve la meute des journalistes qui m'attend. J'étouffe avec peine un grand rire de bonheur.

– Vous vous êtes dérangés pour rien, dis-je.

– Ne nous dites pas que vous n'avez rien à déclarer sur le meurtre du ministre !

– Les déclarations viendront du bureau de presse du ministère.

– Tiens ! C'est le ministère qui se charge de l'enquête ? ironise la grande bringue. Le nouveau ministre est un fin limier ?

– Nous menons l'enquête et le bureau de presse fait les déclarations. Ordre du ministère.

– Ce n'est pas possible, s'écrie la petite en collant rose. Vous avez bien quelque chose à nous dire.

– Adressez-vous à M. Rodopoulos, porte-parole du ministre.

Profitant de leur embarras, j'entre dans mon bureau. Karabetsos m'a laissé un message et je le rappelle aussitôt.

– On peut se parler ? dit-il.

– Bien sûr.

– J'arrive.

J'appelle Dervisoglou : il a servi à l'Antiterrorisme avant Karabetsos et peut nous être utile.

Karabetsos fait irruption, la proclamation à la main. Voyant Dervisoglou, il le salue d'un signe de la tête.

– C'est toi qui t'es taillé avant que j'arrive ? lance-t-il en souriant.

– C'est moi.

Leur échange s'arrête là. Karabetsos se concentre sur moi.

– Cette proclamation n'est pas l'œuvre de terroristes, déclare-t-il, catégorique.

– Comment peux-tu en être sûr ?

– Il lui manque un contenu idéologique. Les terroristes ne peuvent s'empêcher d'exposer leurs idées. Cela peut nous sembler futile, mais pour eux c'est une question d'honneur : il leur faut justifier idéologiquement leur acte.

– Et tu trouves qu'ici on ne le fait pas.

– Non. On parle de la mission sacrée de l'enseignant trahie, de l'université abandonnée dans des temps difficiles, mais tout cela ressemble plutôt à un sermon religieux.

Je me tourne vers Dervisoglou.

– Ton opinion, Photis ? Tu peux parler librement, tu as changé de service.

– Monsieur le commissaire a raison. Je crois pourtant qu'une autre approche est possible.

– C'est-à-dire ? Explique-nous, dit Karabetsos, qui le prend un peu de haut.

– Une proclamation couvre un crime où l'auteur n'avait pas de différends économiques ou personnels avec la victime. Il a commis le crime pour passer un message, véhiculé par la proclamation. Comprenez-moi bien. Je ne dis pas que le meurtre de Rapsanis est un acte terroriste. Je dis qu'il a pour but de terroriser, quelle que soit la façon dont il est rédigé.

– Alors on fait quoi ? me demande Karabetsos.

Il est clair qu'il contourne Dervisoglou pour s'adresser à son supérieur provisoire.

– Je crois que nous sommes tous d'accord sur un point. Même si nous n'avons pas affaire à des terroristes, on cherche à nous terroriser et rien ne nous garantit que nous n'aurons pas demain une autre victime. Tout ce qu'on peut faire, c'est ouvrir grand les yeux et les oreilles, vous à l'Antiterrorisme et nous à la Brigade criminelle.

– D'accord, dit Karabetsos et il se lève.

Au moment de sortir, il se ravise.

– On fait un échange ?

– De quel genre ?

– Tu me donnes ce gars-là contre un autre des miens.

Il sort sans attendre la réponse. Le visage de Dervisoglou s'éclaire d'un grand sourire.

– Bravo, bien vu, lui dis-je.

Il me remercie et se retire. Le *bakhlava* d'hier soir n'a pas été ma seule friandise. Je me dis que j'ai reçu deux excellents adjoints et ça, c'est du gâteau.

Ce mot, soudain, m'amène une idée. Bon sang, Charitos, me dis-je, voilà ce que c'est de passer ton temps avec des ministres et leurs sous-fifres au lieu de réfléchir à ton boulot.

J'appelle aussitôt Dimitriou.

– Vous avez photographié le gâteau ?

– Bien sûr. Dans son frigo, puis au labo.

– Tu peux me scanner le cliché le plus précis ?

– Tout de suite.

Je raccroche et passe dans le bureau de mes adjoints.

– On va recevoir la photo du gâteau. Vous allez la montrer dans toutes les pâtisseries, pour tâcher de savoir où l'assassin l'a acheté. Vous y allez tous les trois et Koula reste ici, je peux avoir besoin d'elle.

Je regagne mon bureau, m'assois et respire profondément. Encore un peu et je laissais un grand trou dans l'enquête. Je ne me le serais pas pardonné.

Koula, par bonheur, interrompt mon autocritique, comme dirait Zissis.

– Il y a là un professeur qui voudrait vous parler.

– Il a donné son nom ?

– Fenekidis, je crois.

Je me souviens : c'est lui qui a remplacé Rapsanis entré en politique.

– Dis-lui de venir.

Fenekidis est bien plus jeune que Rapsanis et Kardassis, dans les quarante-cinq ans. Il est grand, sans barbe, ce qui détonne de nos jours. Il porte un costume sans cravate, et de ce point de vue du moins il suit la mode.

– Bonjour, monsieur le commissaire. Je suis Marios Fenekidis.

– M. Kardassis m'a parlé de vous.

– Je sais. Monsieur le professeur m'en a informé. Je me suis dit que tôt ou tard vous souhaiteriez me voir et j'ai préféré prendre les devants.

– Pourquoi ? Vous avez à me dire quelque chose d'important ou d'urgent ?

Il réfléchit par où commencer.

– Le professeur Kardassis est tout proche de la retraite, monsieur le commissaire. Moi, au contraire, j'ai du temps devant moi. Cela ne ferait pas bonne impression si l'on me voyait dans l'université ou aux abords en discussion avec un policier. Je ne parle pas de mes collègues, mais de certains groupes d'étudiants. J'ai donc préféré venir ici, pour laisser croire que vous m'avez convoqué.

Pas besoin d'être flic pour comprendre de quels étudiants il parle.

– Vous avez bien fait, j'avais l'intention de vous parler. Les informations sur la victime que nous ont données sa famille et ses collègues sont très contradictoires. Vous étiez en contact avec lui quotidiennement. J'aimerais avoir votre point de vue.

– Il était contradictoire lui-même. Débordant.

– Vous faites allusion à son physique ?

– À son ambition. Elle était sans limites. Nous autres, nos recherches et notre enseignement nous suffisent. Lui, non. Il visait plus haut que l'université.

Il soupire.

– Dommage. Il excellait dans son domaine. Ses cours étaient toujours pleins. Mais pour lui le travail comptait bien moins que les lauriers. Il confiait ses travaux de recherche à son équipe. Et à moi, pour tout avouer. Il passait son temps sur Facebook et Twitter et il écrivait dans les journaux, croyant que c'était le moyen de se faire connaître.

– Vous pensez que cela entraînait des jalousies sur le plan professionnel ?

– Oui, mais il n'était pas le seul dans ce cas. Beaucoup d'autres trouvent la sécurité à l'université, et à partir de là choisissent des activités qui les feront mieux connaître. Le plus souvent, c'est la politique. C'est ce qu'a fait Klearkos.

– Il était en conflit avec certains collègues ?

– Non, il restait dans la demi-teinte. Une fois seulement…

Il se concentre un instant.

– Il venait d'être élu député. Quand je suis entré dans son bureau il parlait au téléphone sur un ton qui lui était étranger. « Lâche-moi, pauvre idiote. Parce qu'on s'est parlé un jour, tu crois que tu as le droit de me donner des leçons ? » Et il a raccroché brutalement. Cela m'a frappé. Il ne parlait jamais ainsi.

– Vous vous souvenez s'il a mentionné le nom de son interlocutrice ?

– Non. Il a changé de sujet aussitôt.

Épisode important ou non, comment savoir après tant d'années ?

– Savez-vous quels hommes politiques il appréciait ou détestait ?

Il réfléchit.

– Il avait beaucoup de sympathie pour Yannis Anagnostidis, le conseiller du Premier ministre. Celui qu'il haïssait profondément, c'était Dionysis Skinas, député de l'opposition.

– Vous pensez que l'assassin est à chercher dans l'université ?

– Un de ses collègues ? C'est exclu. Maintenant, un étudiant déçu, qui lui en aurait voulu à mort pour je ne sais quelle raison, cela me semble excessif, mais pourquoi pas ? À mon avis, monsieur le commissaire, c'est lui-même qui a tout provoqué.

– Pourquoi dites-vous ça ?

– Il écartait par tous les moyens ceux qui entravaient ses ambitions. L'un de ceux-là a dû finir par craquer. Le poison est l'arme des crimes passionnels, vous le savez mieux que moi. Quant à la proclamation, je pense que c'est de la poudre aux yeux, pour embrouiller l'enquête policière.

Il n'a sans doute pas tort. Les explications simples sont souvent les plus convaincantes. N'ayant pas d'autres questions, je le remercie de sa visite.

Dès qu'il est reparti, j'appelle Vellidis et lui demande de fouiller les pages Facebook et Twitter de Rapsanis.

– Ce qui m'intéresse avant tout, c'est les personnes qu'on y trouve. S'il y a la trace d'une querelle avec quelqu'un, vous m'informez tout de suite.

– Tout baigne, répond-il, et il raccroche.

Je demande à Koula si elle a trouvé les coordonnées de Seferoglou.

– J'ai un article sur Wikipedia, mais sans adresse ni téléphone.

– Continue de chercher, notamment sur Facebook et Twitter.

– J'ai regardé, il n'y a rien.

Logiquement, je devrais interroger les deux hommes politiques mentionnés par Fenekidis, mais je n'ose pas le faire sans l'aval du ministre. Je m'apprête à appeler le sous-chef lorsque Dervisoglou se pointe.

– Dermitzakis et Askalidis cherchent encore, mais je suis tombé sur un pâtissier que vous devriez interroger. Il est dans le bureau des interrogatoires.

J'y trouve un quinquagénaire en tenue blanche, assis devant un café.

– Monsieur Yòrgos, répète au commissaire ce que tu m'as dit dans ta boutique.

Le pâtissier me regarde et déclare, catégorique :

– Ce gâteau ne vient pas d'une pâtisserie.

– Comment le sais-tu ?

Il se tourne vers Dervisoglou.

– Montre la photo.

Dervisoglou la sort de sa poche et la pose devant lui, qui la pousse vers moi.

– Regarde cette chantilly mal étalée. Regarde ces fraises, les distances irrégulières entre elles. Et la base a été achetée en supermarché. Va dans n'importe quelle pâtisserie et tu verras que les gâteaux sont tous faits avec les mêmes ingrédients, qu'ils se ressemblent tous. Celui-ci a été fait à la maison.

Je le remercie et demande à Dervisoglou de noter son adresse.

Je regagne mon bureau tout songeur. Est-ce la femme dont parle Fenekidis qui a préparé le gâteau chez elle ? Comment savoir, après si longtemps ? Peut-on retrouver la trace des ingrédients utilisés ? On les a sûrement achetés dans divers magasins, pour brouiller les pistes.

J'appelle le sous-chef pour l'informer. Il m'écoute sans m'interrompre, comme d'habitude.

– Voilà qui n'est pas du tout agréable, conclut-il.

– Je sais bien. On peut penser que le gâteau est l'œuvre de la fille qui l'a livré. Avec son casque et habillée comme elle l'était, elle savait qu'on ne pouvait pas la repérer. On cherche à l'aveuglette, mais j'aimerais parler avec le conseiller du Premier ministre et le député de l'opposition.

– Donnez-moi leurs noms.

Il me répondra au plus tôt. Du temps de Guikas, je serais allé les voir sans demander la permission de personne. Aujourd'hui je fais tout dans les règles. Craignant que la brèche ne se referme, j'enferme la fouine. La faute aussi, peut-être, à ce que j'ai subi avec le précédent sous-chef.

14

Dermitzakis et Askalidis m'annoncent qu'aucune pâtisserie n'a reconnu le gâteau, confirmant ainsi, indirectement du moins, qu'il a été fait à la maison.

– Si vous n'avez pas besoin de moi, dit Askalidis, je vais faire un tour à la cafétéria de l'université.

Dermitzakis le regarde de travers.

– Depuis quand on va prendre un café pendant les heures de service ?

– Monsieur le commissaire va t'expliquer.

Je lui donne le feu vert et rapporte à Dermitzakis la discussion sur les lieux de rencontre d'étudiants.

Il m'écoute, mais je le sens contrarié.

– D'accord, mais vous n'auriez pas pu m'informer ?

– J'aurais dû, tu as raison. Mais avec toutes ces réunions, ça m'a échappé. C'est ma faute.

Il repart satisfait. Je me retiens pour ne pas lui rappeler la conversation où il avait sous-estimé son collègue, et appelle Vellidis.

– Sur Facebook, dit-il, il s'agit surtout des discussions, des conseils et des réponses à des questions d'étudiants. Sur Twitter, par contre, on a trouvé un long échange avec un certain Skinas. Apparemment Rapsanis et lui étaient en pleine bagarre sur le plan politique. Si tu veux, viens jeter un œil et dis-moi ce qui t'intéresse, il y en a tout un paquet.

Je le rejoins devant son ordi.

– Lis, dit-il, et il me laisse sa place.

Le choc entre Rapsanis et Skinas peut être qualifié de frontal. Il commence poliment et s'achève au bord de l'injure. Dans l'un de ses tweets, Skinas lance :

– Tu es entré en politique ? C'était le rêve de ta vie. Mais bientôt on ne t'appellera plus Rapsanis, mais Dérapsanis, tellement tu as pété les plombs.

Et l'autre de répondre :

– Toi, Skinas, qu'as-tu fait toutes ces années à l'Assemblée ? Tu y es entré médiocre et tu l'es resté. Tu as voté ce qu'on t'a dit de voter et applaudi ton chef. C'est ça pour toi, l'Assemblée : un théâtre où le spectateur à la fin applaudit la star.

Dans un autre tweet, antérieur, et pour cette raison sans doute plus courtois, Skinas écrit :

– Si tu fais usage du même cerveau dans tes cours qu'en politique, alors je plains tes étudiants.

Voilà qui me suffit pour l'instant.

– Envoie ça à Koula, qu'elle l'imprime. Envoie-le aussi au sous-chef, à partir du moment où ça devient agressif.

– Stella vient d'appeler, me dit Koula à mon retour. Guikas veut vous voir.

Maintenant qu'il est à la retraite, disparus « monsieur le directeur » et même « monsieur Guikas ».

Je monte au cinquième.

– Il veut vous faire ses adieux, dit Stella.

Elle a les larmes aux yeux et se mord la lèvre pour contenir les sanglots.

Guikas est debout devant la table de réunion. Son bureau a des airs de maison vide, prête pour le ménage à fond avant l'arrivée du nouveau locataire. Sur la grande table, sur un plateau, une bouteille de Coca, des jus de fruits, des petits gâteaux et des chocolats.

– J'ai déjà salué les autres, dit-il. Je t'ai gardé pour la fin, car avec toi j'ai une relation différente.

Soudain il me serre dans ses bras.

– Tu vas me manquer, Kostas. Beaucoup, murmure-t-il, ému.

Je réponds que lui aussi, et je me sens tout chose.

Nous nous asseyons, il m'offre à boire. Le Coca, très peu pour moi, je prends un peu de jus d'orange et nous trinquons.

– Allez, dit-il, à nos avenirs. La vie continue pour nous deux. Le chef voulait organiser un pot d'adieu, mais j'ai refusé. Je n'ai aucune envie de les entendre tous me dire combien je vais leur manquer. Beaucoup d'entre eux se disent, bon débarras. Et de mon côté je ne veux pas leur dire qu'avec eux c'était formidable, alors que certains m'ont cassé les pieds. Ces festivals d'hypocrisie sont inutiles. Je préfère saluer ceux que j'aimais bien et partir sans bruit.

Après toutes ces années de relation entre supérieur et subordonné, je découvre soudain l'homme Guikas. Où se cachait-il ? Plus précisément : comment se cachait-il ?

– Nous garderons le contact ? demande-t-il.

– Bien sûr. On peut prendre un café ensemble et discuter. Quand vous ne serez pas à la pêche.

Cela dit pour détendre un peu l'atmosphère.

– Je voudrais te demander autre chose, dit-il.

– Je vous écoute.

– Peux-tu trouver une solution pour Stella ? Elle ne sait pas où on va l'envoyer et voit tout en noir. Ce matin elle est allée allumer un cierge.

– Je m'en occupe, dis-je, et nous nous levons.

Après une dernière accolade, nous nous séparons. Je retrouve Stella désespérée.

– Ne t'en fais pas, lui dis-je. On va trouver une solution.

Elle me regarde sans un mot.

De retour dans mon bureau, j'appelle le chef.

– J'ai reçu l'échange de tweets, me dit-il, mais je ne vais pas les donner au ministre. Il risque de s'effrayer et d'annuler le rendez-vous.

– Je vous les ai envoyés pour que vous vous fassiez une idée. Il n'est pas nécessaire que le ministre les voie. Je peux vous demander une faveur ?

– Cela dépend, dit-il avec un sourire.

– Je voudrais que vous ne mutiez pas tout de suite la secrétaire de M. Guikas. Elle pourrait servir de coordinatrice entre les différents services et moi. Si ce rôle est tenu par l'un de mes adjoints, je perdrai un demi-collaborateur au moins, alors qu'en ce moment nous sommes sur les dents, vous le savez.

– Aucun problème. Qu'elle reste à son poste pour l'instant et nous verrons ensuite.

Il ne me reste plus qu'à attendre, d'une part, le résultat de la discussion entre le chef et le sous-chef, et d'autre part celui des recherches d'Askalidis.

L'inaction me portant sur les nerfs, j'appelle Stella qui s'assoit devant moi sans un mot, prête à entendre sa condamnation, autrement dit son départ vers un poste inconnu.

– Ne fais pas cette tête d'enterrement, lui dis-je. Tu vas rester ici. Je ne suis pas Guikas, tu ne seras pas ma secrétaire, mais tu coordonneras les actions des différents services. Les réunions se tiendront comme avant dans le bureau de Guikas, qui est vide en ce moment. En mon absence, tu t'entendras avec Koula. Et si demain on réorganise la direction de la Sûreté, cela concernera tout le monde, et pas seulement toi. Mais rien de tel n'est prévu pour l'instant.

Son visage s'éclaire et elle se redresse, comme libérée d'un poids.

– Je ne sais comment vous remercier, monsieur le commissaire.

– C'est le sous-chef qui a pris la décision.

La reconnaissance de Koula me suffit amplement et je renvoie Stella dans son bureau.

L'inaction doit savoir que je ne l'aime pas, car je reçois aussitôt un appel d'Askalidis.

– Un coup de chance, monsieur le commissaire. Je suis tombé sur un ancien étudiant de Rapsanis qui prépare une thèse en Allemagne. Il veut bien parler de lui, mais pas à la Sûreté.

– Pas de problème. Amène-le dans la dernière cafétéria, au bout de l'avenue Alexandras.

– Très bien. Nous y serons dans dix minutes.

J'arrive avant eux et commande un café. Bientôt Askalidis fait son entrée, suivi d'un jeune barbu qu'il me présente : Phedon Neofytos.

– Je te remercie de bien vouloir nous aider.

Il hausse les épaules.

– C'est pour moi un devoir moral. Je le lui dois. Même si à partir d'un certain moment il ne l'a plus mérité.

– C'est-à-dire ?

– Il m'a déçu. C'était un excellent professeur. J'ai été son étudiant, j'ai fait mon master sous sa direction et jusque-là tout allait bien. Puis j'ai commencé une thèse, sous son contrôle encore. Et là soudain, après trois mois, tout a changé.

– Pourquoi ? demande Askalidis.

– Il a attrapé le virus de la politique. Il a tout abandonné, a confié ses cours à Fenekidis tandis qu'il hantait les bureaux du parti, les rassemblements tout en écrivant des articles. Quand j'arrivais à le voir pour ma thèse, il se débarrassait de moi vite fait. Alors j'ai laissé tomber et suis parti à Mayence.

– À quoi est dû ce changement soudain, selon toi ?

– J'ai dit soudain, c'est faux. Tout a commencé par un autre de ses thésards. Juste après sa soutenance, il a trouvé une bonne place dans le parti. Le rapport entre une thèse et un poste au parti, je l'ignore. Rapsanis était resté ami avec lui et c'est ce type qui l'a poussé à entrer en politique. L'ex-étudiant est maintenant conseiller du Premier ministre.

C'est donc lui que je souhaitais rencontrer. Laissons tomber. Je sais que je n'entendrai plus que des éloges du défunt.

– Deux choses encore, monsieur le commissaire, pour vous faire mieux comprendre. D'abord, je n'ai aucune objection à ce que l'on quitte l'enseignement pour la politique. Malheureusement, Rapsanis et beaucoup d'autres gardent leur poste universitaire en réserve pour le jour où la politique ne voudra plus d'eux. Ensuite, c'est à Mayence que j'ai découvert la vraie université. J'ai un directeur de thèse disponible vingt-quatre heures sur vingt-quatre. Un exemple : un jour que je butais sur un problème, j'ai voulu en parler avec lui, mais étant habitué aux usages grecs j'ai hésité à le déranger. Lorsqu'à l'une de nos rencontres programmées j'ai exposé ce problème, il m'a passé un savon. J'aurais dû au moins lui téléphoner. Il m'a dit, d'un ton sans réplique, qu'il était là pour discuter de mes difficultés à tout moment.

– Tu as connu un certain Seferoglou ?

– Yannis Seferoglou ? Une légende ! Tout le temps disponible pour ses étudiants. Rendez-vous compte, comme l'université avait des problèmes budgétaires et ne pouvait ouvrir de nouveaux postes, une fois devenu professeur émérite il venait tout de même enseigner, pour que les étudiants aient toutes leurs heures de cours.

– Où est-il maintenant ?

– Il a un cancer. Il a dû cesser le travail. Je ne sais pas où il est.

Voilà pourquoi nous n'avons trouvé sa trace nulle part.

Mon portable interrompt mes pensées. C'est le sous-chef.

– Dionysis Skinas peut vous recevoir à son bureau dans la demi-heure. Ensuite il est occupé et demain il sera à l'Assemblée.

– L'adresse de son bureau ?

– 32 rue Ypsilandou, au rez-de-chaussée.

– J'y vais.

Je me lève, serre la main de Neofytos, le remercie et file prendre la Seat.

15

Tout en roulant vers la rue Ypsilandou je cherche à mettre de l'ordre dans mes pensées.

La vie familiale de Rapsanis a fait naufrage bien avant le divorce. Là-dessus les opinions de la sœur et du fils convergent. J'ai rarement vu un enfant à ce point dégoûté par ses parents. Cependant le meurtre ne semble pas lié au conflit familial. L'ex-épouse et le fils vivent à l'étranger. Je ne les vois pas revenir en Grèce, cinq ans après, pour tuer un mari ou un père. On peut examiner les listes de passagers, mais je suis sûr de ne rien trouver. D'ailleurs la distance apaise les passions. Le fils et la mère avaient entamé une nouvelle vie. Si elle avait voulu le supprimer, elle l'aurait fait bien plus tôt.

Reste l'entourage universitaire. Les informations concordent : excellent dans son travail d'enseignant, il a délaissé l'université et ses étudiants pour la politique. D'accord, la déception peut mener facilement à la vengeance, mais là les expériences divergent. Neofytos a claqué la porte et se trouve très heureux à Mayence, alors pourquoi tuer Rapsanis ? Fenekidis, qui se dit déçu, a tout de même profité de l'absence du maître pour monter en grade, et lui non plus n'avait pas de raisons de tuer.

Chez Manolis Kardassis, autre son de cloche. Il ne tient pas le travail du professeur en haute estime, et insiste sur ses intrigues et les haines qu'elles ont suscitées. C'est là qu'on peut trouver un mobile au crime, même si Kardassis n'y croit pas trop. Et je peux difficilement imaginer un collègue de Rapsanis préparant chez lui un gâteau empoisonné.

Je sonne au 32 de la rue Ypsilandou et la porte s'ouvre sur une quinquagénaire, vêtue d'un ensemble orange, qui m'emmène jusqu'au bureau du député.

Skinas doit avoir le même âge que Rapsanis, mais la similitude s'arrête là. C'est ce qu'on appelle un gringalet. Petit, fluet, vêtu d'un costume de prix et cravaté, comme pour compenser par sa tenue l'insignifiance de son corps.

Il se lève, me tend la main et me montre un fauteuil où m'asseoir.

— Votre ministre m'a prié de bien vouloir m'entretenir avec vous, monsieur le commissaire. Honnêtement je ne sais comment contribuer à l'élucidation de ce crime, mais je n'ai pas l'intention de répondre à un ministre par la négative. Je tiens à maintenir l'équilibre entre mon attitude offensive à l'Assemblée et ma bonne volonté en dehors.

— J'ai voulu vous rencontrer, sachant que vous connaissiez bien la victime.

Il m'arrête.

— Savez-vous depuis quand ?

Pris de court, je dois reconnaître que non.

— Depuis nos années d'études. Nous sommes entrés à l'université la même année, dans la même branche. Après la licence il a continué en vue d'une carrière d'enseignant, tandis que j'ai rejoint un cabinet d'avocats.

Je suis devenu conseiller juridique d'un syndicat et de là je suis passé à la politique.

Il réfléchit.

– Je dois vous signaler que mes relations avec Klearkos n'ont jamais été – comment dire ? – cordiales. Au contraire. Nous étions en compétition permanente. Il avait toujours le dessus, lui, l'étudiant exemplaire, alors que j'étais médiocre. Il ne ratait pas une occasion d'ironiser à mes dépens. À part cela, il courait derrière les professeurs, un vrai lèche-bottes, pour grappiller tout ce qu'il pouvait.

– Vous vous êtes revus après vos études ?

– Non. Mais lorsque nous nous sommes retrouvés en politique, j'ai constaté que rien n'avait changé.

– C'est-à-dire ?

– Des disputes, comme avant. À cela près que j'avais maintenant le dessus, vu mon expérience dans le domaine, alors qu'il était novice.

Je joue cartes sur table.

– Je veux être sincère avec vous. Nous avons lu vos échanges avec Rapsanis sur Twitter. C'est là d'ailleurs la raison de ma visite.

Il n'a pas l'air fâché. Au contraire, il rit.

– Vous avez vu ce qu'on s'envoyait ?

Il retrouve son sérieux aussitôt.

– Savez-vous ce qui me rendait fou furieux ? À l'université il avait le dessus. Il se moquait de moi, me considérait comme un nul. La politique était pour moi la seule issue hors de la médiocrité. Et voilà soudain que je le vois atterrir dans mes plates-bandes. Je me suis dit tout de suite qu'il allait faire le malin à mes dépens là aussi. Et ça, je ne le supportais pas.

– J'ai appris que c'est un de ses anciens étudiants qui l'a convaincu d'entrer en politique. Vous le connaissez ?

Il rit.

– Vous voulez parler d'Anagnostidis ? Allons donc. Il l'aurait convaincu parce qu'il était devenu conseiller du Premier ministre ? Non, il y a une autre raison.

– Laquelle ?

Je dresse l'oreille soudain.

– L'amour, monsieur le commissaire. Rapsanis est tombé amoureux d'une femme sur Facebook.

Je mets quelques secondes à surmonter ma surprise.

– Vous savez qui c'est ?

– Non, malheureusement. Tous les deux utilisaient des pseudonymes. Rapsanis était Stan Untel. Ce nom vous dit-il quelque chose ?

– Ce serait à cause de Stan Laurel ? Je sais qu'à l'université on l'avait surnommé Hardy, à cause de son poids.

Je bénis Katérina qui m'a ouvert les yeux.

– Exactement. Et sa partenaire était Lysistrata X. Imaginez cet homme arrivé, connu dans les cercles universitaires de Grèce et d'ailleurs, mais totalement seul. Sa femme et son fils l'ont abandonné. Soudain il rencontre une femme sur Facebook, qui l'admire, le porte aux nues et se déclare amoureuse de lui. Il n'en fallait pas plus pour qu'il tombe dans le piège, surtout s'agissant d'un homme aux ambitions si énormes.

J'ai du mal à avaler l'histoire.

– Vous voulez dire qu'il est entré en politique à cause d'une déclaration d'amour sur Facebook ?

Il rit de nouveau.

– Vous avez Facebook, monsieur le commissaire ?

– Non.

– Alors vous ne pouvez pas comprendre, hélas, l'amour électronique. Lysistrata le poussait sans arrêt. Elle lui disait que c'était là sa voie, que seuls des hommes comme lui pouvaient relever le niveau de la politique en Grèce et la libérer de nous autres, les médiocres. Voilà pourquoi je pense qu'il a d'abord été convaincu par elle, puis qu'il a utilisé Anagnostidis pour s'introduire dans ce milieu nouveau pour lui.

Si la théorie de Skinas est juste, alors le gâteau et le poison s'expliquent mieux.

N'ayant plus rien à lui demander, je me lève.

– Merci beaucoup, monsieur. Vous m'avez bien aidé.

Il sourit.

– Je ne sais pas si le ministre sera content d'apprendre une chose pareille.

Je ne réponds pas, n'ayant pas la réponse, mais je ne sais même pas s'il apprendra la chose. Je n'ai rien décidé.

De retour à la Sûreté je reprends mon souffle dans le bureau de Vellidis.

– J'ai un travail urgent pour toi. Trouve-moi la correspondance électronique de ces deux-là. Voici leurs pseudos. Je sais qui est Stan, mais il me faut d'abord l'identité de cette Lysistrata.

– C'est un travail d'Hercule ! Je vais voir ce que je peux faire, mais il faudra du temps.

– Tant pis, du moment que tu trouves.

Je m'apprête à regagner mon bureau, mais change d'avis dans l'ascenseur. Je me suis assez démené aujourd'hui. Je rentre chez moi.

16

Parents et amis, je les trouve tous rassemblés chez nous : Katérina et Phanis, Mania et Uli tout juste rentrés d'Allemagne, et Zissis.

– Quelle bonne surprise ! Ce n'est pas trop tôt. Vous aviez disparu.

– Pardon, corrige Katérina. C'est vous qui aviez disparu, ainsi que Mania et Uli. Phanis, moi et l'oncle Lambros, nous étions là.

– Ça s'est bien passé en Allemagne ? demande Adriani à Mania.

– Comment dire ? C'étaient mes premières vacances par monts et par vaux.

Elle se tourne vers Uli.

– En allemand, ça se dit comment ?

– *Wandern.*

– Ce qui signifie ? demande Adriani.

– On marche dans les montagnes, de sommets en vallées. Mais pas comme nous ici, pour une heure ou deux. On quittait l'hôtel le matin et on rentrait le soir, épuisés. Moi en tout cas. Uli, lui, était aux anges.

Je m'adresse à Uli :

– Et vous avez volé ?

– Volé ?

Il me regarde, perplexe.

Adriani se charge de lui raconter notre rencontre avec les Allemands volants. Il rit.

– J'aurais bien voulu être avec vous, lui dit-il.

– Pourquoi ? Pour t'envoler toi aussi ?

– Non, mais j'aurais voulu vous voir les regarder quand ils descendaient de là-haut en agitant leurs ailes.

– On est restés sans voix, ajoute Adriani. C'étaient des gens très sympathiques.

– C'est un sport très répandu en Allemagne, explique Uli.

– Donc, demande Phanis, vous montez sur un sommet, attachez vos ailes et vous jetez dans le vide ?

– Écoutez, dit Mania. Uli et moi sommes ensemble depuis longtemps. On s'est connus à la plage, on est allés dans beaucoup d'endroits. Là, c'est la première fois que je le voyais à la montagne, et c'était un autre homme.

– Moi, un autre homme ?

– On aurait dit un enfant. Tu courais de sommet en sommet, toujours joyeux. Moi, j'avais emprunté à l'hôtel une cuvette où je mettais chaque soir mes pieds dans l'eau salée.

– Je vais chercher les tomates farcies, dit Adriani.

Des cris d'enthousiasme retentissent, que Katérina interrompt.

– Minute. Autre chose d'abord.

Elle ouvre son sac et en sort une bouteille de vin étranger.

– Qu'est-ce que c'est ? demande Adriani.

– Du champagne français.

– En quel honneur ?

Elle se tourne vers Phanis.

– Tu le leur dis ?

– Non. C'est à toi de le faire.

111

Elle se tourne vers nous et annonce :

– J'attends un enfant.

Silence général. Puis commencent les bravos et les félicitations. Je ne dis rien, la gorge serrée par l'émotion, mais Adriani saute sur ses pieds.

– Le marc ! s'écrie-t-elle. Le marc a dit vrai !

– Quel marc ? demande Katérina, tandis que les autres, sauf moi, la regardent bouche bée.

– Le marc a dit ça et tu me l'as caché ? dis-je.

– Je te l'ai caché parce que tu es un mécréant et que tu pouvais lui porter malheur.

– Maman, tu lis dans le marc ? s'étonne Katérina, et pour la première fois je la vois se signer comme sa mère.

– Vous ne croyez pas à ces choses-là, ton père et toi, et pourtant, le marc a dit vrai, déclare Adriani triomphante.

– Dis-moi, Adriani, intervient Phanis. De quel marc parles-tu ?

– Du marc de café, naturellement, répond Adriani, surprise par l'ignorance de son gendre.

– Heureusement que la tasse n'était pas plus grande, il en serait sorti des jumeaux.

– Vous pouvez vous moquer, ta femme et toi, n'empêche, le marc a dit vrai.

– Alors, demande Mania, fille ou garçon ?

– Garçon, répond Katérina. Nous l'avons appris hier.

Adriani la regarde.

– Tu le sais depuis combien de temps ?

– Cela fait trois mois aujourd'hui.

– Et tu l'as caché à tes parents pendant trois mois ?

Elle se tourne vers moi, l'air fâché.

– Tu vois, toi qui défends toujours ta fille chérie.

– Maman, il fallait d'abord que je décide si je voulais le garder. Il ne fallait pas vous donner une fausse joie.

– Adriani, tu ne sais pas le mal que j'ai eu à la convaincre.

– Mon petit Phanis, je te remercie et je t'admire, connaissant ma fille, une vraie tête de mule. Et vous l'appellerez comment ? Si vous l'avez déjà décidé bien sûr.

Katérina se tourne vers Phanis.

– À toi de le dire.

– Il s'appellera Lambros.

Un silence. Nous attendions un nom utilisé dans la famille, comme c'est presque toujours le cas. Puis nous applaudissons tous. Sauf Zissis, qui regarde devant lui sans un mot. Katérina lui dit :

– J'ai voulu lui donner ton nom, car je te dois beaucoup, oncle Lambros.

Il relève lentement la tête.

– Qu'est-ce que tu me dois, Katérina ?

Il chuchote, sa voix peine à sortir.

– Tu te souviens que je voulais quitter le pays ? C'est toi qui m'as retenue, avec la soupe de Makronissos que tu as préparée pour Phanis et moi. Je suis restée, nous avons ouvert le bureau avec Mania et maintenant je vais avoir un enfant. Je te suis reconnaissante chaque jour de ce que tu m'as empêchée de partir.

Zissis ne réagit pas, nous autres non plus. Comme toujours, c'est Adriani qui rompt le silence. Elle serre Katérina contre son cœur et l'embrasse.

– Tu nous donnes là une grande joie, ma petite fille. Ça s'arrose !

La mère et la fille vont chercher des verres. Phanis débouche soigneusement le champagne et les remplit.

– À la santé de notre petit Lambros ! lance Adriani.

Nous allons trinquer lorsque Zissis pose son verre. Il va vers Katérina et la prend dans ses bras.

– Merci, Katérina, souffle-t-il. Dans ma vie on ne m'a jamais fait de cadeaux, alors je ne sais pas quoi dire. Je dirai simplement merci. Katérina, Phanis, je vous dis un grand merci.

Et il sort presque en courant.

– Qu'est-ce qu'il a ? s'étonne Uli.

Je me lève pour le suivre, mais Adriani me retient.

– Laisse. Il ne veut pas qu'on le voie pleurer.

Elle va embrasser sa fille et son gendre. Je l'imite.

– Cela ne t'ennuie pas qu'on ne donne pas ton nom à l'enfant ? me demande Phanis.

– Tu parles sérieusement ? s'exclame Adriani. Des Kostas, il y en a dans toutes les familles ! Lambros, c'est plus rare.

Nous continuons de discuter prénoms lorsque Lambros revient. Il a retrouvé son aspect habituel. Il lève son verre à la santé de Lambros II, puis se tourne vers les futurs parents :

– Apprenez-lui à vivre et à lutter dans le monde tel qu'il est, et non tel qu'il voudrait qu'il soit. Voyez comme moi j'en ai bavé avant de m'adapter.

On l'applaudit et les trois femmes vont dans la cuisine chercher le repas.

Les tomates farcies arrivent accompagnées de féta, de poivrons et de cornichons. Katérina change les verres et les remplit de vin. Juste avant d'attaquer le repas, Adriani nous arrête.

– Nous avons eu de bons et de mauvais moments, mais au bout du compte nous avons réussi. Nous aurons bientôt un petit-fils. Que souhaiter d'autre ?

Je lève mon verre, on trinque de nouveau, puis on se jette sur le repas.

17

Je m'efforce de modérer l'enthousiasme de la future grand-mère et ses rêves d'avenir lorsque le téléphone sonne.

– Le Centre d'interventions, monsieur le commissaire. On vient de nous signaler un mort dans le parc Attikos.

– Qui vous a prévenus ?

– C'est un appel anonyme. Une voix de femme nous a dit que le corps d'un certain Arkontidis se trouve près de la Maison des jeunes.

Je charge aussitôt Dermitzakis d'informer l'Identité judiciaire, la Médecine légale et de m'envoyer une voiture de patrouille. Puis j'appelle Koula qui devra chercher sur la Toile des renseignements sur cet Arkontidis.

La voiture se pointe au bout d'un quart d'heure. Le chauffeur déclenche la sirène et prend l'avenue Kifissias, direction Psyhiko.

L'appel de Koula m'arrive pendant le trajet. Elle a trouvé un fabricant de meubles, mais l'homme qui nous intéresse est sûrement Aristotelis, professeur à la fac de lettres d'Athènes et sous-secrétaire d'État à l'Éducation.

Eh bien voilà notre deuxième transfuge, passé de l'université à la politique. La multiplication des victimes va certainement accroître la pression des politiques sur la police, et nous allons bientôt nous arracher les cheveux.

La voiture descend la rue Mousson et s'arrête devant la Maison des jeunes. J'allais appeler Dermitzakis quand j'aperçois Dervisoglou, qui manifestement m'attendait.

– Venez, monsieur le commissaire. Il est derrière.

Dans la petite rue qui sépare le bâtiment de l'autre partie du parc, je vois nos voitures et une foule de badauds. Dermitzakis a isolé le lieu du crime avec une bande rouge.

Il y a là un homme en survêtement, couché sur le ventre. Les blessures mortelles se voient à l'œil nu. On lui a démoli le crâne avec un objet contondant. Le sang a inondé la nuque et débordé sur le sweat. La victime une fois tombée, l'assassin lui a donné un coup de couteau sous l'omoplate gauche, à l'endroit du cœur. Le coup a déchiré l'étoffe et l'a teinte en rouge.

C'est un homme dans les cinquante ans, grand et maigre, barbu à lunettes.

Je le laisse et m'approche des badauds.

– L'un d'entre vous connaît-il la victime ?

– On le connaissait tous, répond une dame. C'est Aris Arkontidis, un ministre.

– C'était aussi un professeur, ajoute un monsieur.

– On le connaissait parce qu'il venait tous les matins, complète une dame. C'était un accro du jogging.

– Vous savez où il habitait ?

– Si je ne me trompe pas, répond une jeune fille, dans la rue Meletopoulou, tout près du parc. J'habite dans la rue voisine et je voyais souvent une voiture de police là-bas.

Le même scénario, me dis-je. Dans les deux cas, on connaissait le point faible de la victime et c'est là qu'on l'a frappé. On a dû suivre le joggeur longtemps et attendre le moment propice.

La camionnette de l'Identité judiciaire et l'ambulance arrivent ensemble. Dimitriou descend le premier.

– C'est quoi ? me demande-t-il.

– La même chose. Sauf que cette fois, au lieu du gâteau, on a une agression.

Il s'approche de la victime, examine le sol, puis se tourne vers moi.

– Il y a des traces de pneus près du corps. À première vue, il doit s'agir d'un vélomoteur. Maintenant, s'il y a un rapport avec le meurtre, c'est vous qui me le direz.

– Un vélomoteur ? Il y en avait déjà un la première fois, celui de la jeune livreuse du gâteau.

Dimitriou me lance la maxime bien connue :

– La coïncidence qui se répète cesse d'être une coïncidence.

Je vois arriver la voiture de Stavropoulos. Il en descend et s'approche.

– Laisse-moi deviner : un autre prof de fac ?

– Bien vu, mais cette fois c'est une agression classique.

Il va examiner la victime. Dimitriou donne des instructions à son équipe. J'en profite pour envoyer Dermitzakis et Dervisoglou rue Meletopoulou, pour apprendre où il habitait et trouver quelqu'un qui aurait vu quelque chose d'anormal. Je garde Askalidis avec moi, au cas où.

Stavropoulos, penché sur la victime, scrute son dos avec une loupe. Puis il se relève.

– Je te donne là mes premières impressions. On l'a frappé à la tête avec une barre de fer, puis on l'a poignardé. De ce côté-là tout est bien net et l'autopsie n'y changera rien. Mais il y a autre chose, et là je ne suis sûr de rien pour l'instant.

– Dis toujours. Cela peut nous être utile.

– Le survêtement porte des traces de choc. Comme si un véhicule l'avait renversé par-derrière. Il serait tombé en avant et les coups seraient venus ensuite. Je t'en dirai davantage après l'autopsie.

– Tu peux me donner à peu près l'heure du crime ?

Il regarde sa montre.

– Il est dix heures passées. On a dû le tuer entre sept et huit heures du matin. Le sang n'a pas eu le temps de sécher.

– Merci. Tu nous as bien aidés.

Il s'apprête à faire charger le mort dans l'ambulance, mais je l'arrête.

– Laisse-moi deux minutes.

Je rapporte à Dimitriou les remarques de Stavropoulos. Il va aussitôt examiner le corps avec son aide.

– À première vue, le médecin légiste a raison. Je pense que le pilote du deux-roues s'est soulevé sur la roue arrière et l'a heurté dans le bas du dos. Frappé plus bas, l'autre serait plutôt tombé sur le dos. Mais pour en savoir plus, il faut envoyer les vêtements au labo.

Je dis à Stavropoulos qu'il peut emporter le corps. Les badauds, comprenant que tout est terminé, s'apprêtent à repartir, mais je les arrête.

– Est-ce l'un d'entre vous qui nous a prévenus ? Ne vous inquiétez pas, nous n'allons pas l'importuner, cela nous aidera simplement à y voir plus clair.

Ils échangent des regards. La femme qui a parlé la première s'avance.

– C'est moi. Je traversais le parc, je l'ai vu, j'ai appelé la police.

– Je vous remercie. Nous allons prendre vos coordonnées, pour la forme, puis vous pourrez partir.

J'appelle Askalidis pour ce faire et je rejoins la voiture qui m'a amené. Le chauffeur va démarrer quand je l'arrête et le fais descendre. Je veux être seul pour informer le sous-chef.

Il me laisse parler. Puis il tarde à répondre.

– J'ai un problème avec vous, monsieur le commissaire.

Je reste coi et m'apprête à recevoir la gifle.

– Vous m'êtes fort sympathique et j'apprécie beaucoup notre collaboration. Mais ce que vous me racontez là ne m'est pas du tout agréable.

Je réponds, soulagé :

– À moi non plus. C'est une affaire très difficile, et ce qui la complique encore, c'est que la politique s'en mêle.

– Très juste, et c'est pourquoi je ne sais pas quoi faire. Informer le ministre ?

– À votre place je me contenterais du chef. Je pourrais éventuellement vous renseigner de façon plus précise, mais je ne sais pas quand j'en aurai fini avec la collecte d'informations.

– J'attendrai le temps qu'il faudra.

Je raccroche et vois Dermitzakis qui attend devant la voiture.

– On a trouvé le garçon qui s'occupe de la Maison des jeunes. On l'a retenu pour que vous lui parliez.

– Pour Arkontidis, vous en savez plus ?

– Oui, il habitait seul dans un appartement au 5 de la rue. Il avait un garde du corps, qui ne s'est aperçu de rien. Nous avons retenu aussi la femme de ménage.

Le responsable de la Maison des jeunes, un homme dans les trente ans, nous attend devant son entrée.

– Je viens chaque matin et je jette un œil dans les parages pour m'assurer que tout va bien. Ces derniers jours j'ai vu un scooter tourner autour du bâtiment et dans le parc. En me voyant il mettait les gaz et partait à chaque fois dans une autre direction.

– Un homme ou une femme ?

– Un homme, mais je ne peux pas vous dire son âge, il portait un casque.

La première fois une femme casquée, la deuxième fois un homme. Très bien.

– Tu te souviens à quelle heure c'était ? demande Dermitzakis.

– Je ne passe pas toujours à la même heure. C'était peut-être huit heures, ou neuf heures et demie. Mettons neuf heures.

– Tu as déjà rencontré Arkontidis ?

– Souvent, mais seulement à son retour de jogging. Il partait courir avant que j'arrive.

– À quelle heure ouvre la Maison ? demande Dervisoglou.

– Quand il y a une manifestation ou une sortie scolaire. Les autres jours c'est fermé. Et je suis payé seulement les jours d'ouverture. Mais je viens faire un tour tous les matins, vérifier que tout est en ordre, j'ai trop peur de perdre mon seul boulot.

Nous le laissons et gagnons la rue Meletopoulou. Le garde du corps est encore planté devant l'entrée du 5.

– Tu sais ce qui s'est passé ?

– Les collègues me l'ont dit.

– Tu ne l'accompagnais pas pour courir ?

– Non, monsieur le commissaire, il ne voulait pas. Il me disait qu'il voulait être complètement seul, pour pouvoir se concentrer.

– Tu n'as rien remarqué d'anormal ces derniers jours ?

– Non. Tout était comme d'habitude.

– Tu n'aurais pas vu un vélomoteur passer devant l'immeuble ?

Il hausse les épaules.

– Il en passe tout le temps, comme partout dans Athènes.

– On ne te parle pas d'Athènes, dit Dermitzakis. On te demande si tu as vu le même engin passer plusieurs jours de suite.

– Non, mes instructions, c'est d'interroger les inconnus qui entrent dans l'immeuble.

Pourvu qu'on ne me le colle pas sur le dos un jour.

Nous entrons dans l'immeuble et gagnons l'appartement en terrasse. La femme de ménage nous ouvre.

– Quand on m'a annoncé sa mort, j'ai cru qu'il avait eu un arrêt cardiaque en courant. Et puis j'ai appris ce qu'on lui a fait.

Elle se signe et fond en larmes.

– Tu travaillais pour lui depuis longtemps ?

– Près de quinze ans. Depuis qu'il a emménagé ici.

La sonnette l'interrompt, elle va ouvrir. C'est Dimitriou et son équipe. J'envoie mes adjoints explorer les lieux et reste seul avec elle.

– Arkontidis avait de la famille ?

– Non. Il était célibataire et vivait seul. Ses parents et sa sœur vivent à Corfou.

– Il enseignait à l'université ?

– Oui, à celle d'Athènes. Il travaillait sur les îles Ioniennes. Ce qu'il en faisait, je ne peux pas vous dire.

– Tu te souviens de sa réaction quand il est devenu sous-secrétaire d'État ?

– Il était très fier. Il sautait de joie. Il m'a dit : « Maria, je vais enfin pouvoir faire quelque chose, mettre de l'ordre dans notre système éducatif. »

– Il recevait des visites chez lui ?

– Jamais, dit-elle, catégorique. Il disait que chez lui, c'était son refuge, son repaire. Il rencontrait ses plus proches amis à l'extérieur. Pendant toutes ces années, je ne me souviens pas qu'il ait reçu des gens à dîner une seule fois.

N'ayant pas d'autres questions, je vais faire un tour dans l'appartement. Dès le premier coup d'œil tout se confirme. Comment aurait-il pu recevoir ? Il n'a même pas de séjour. Les deux pièces contiguës constituent un immense bureau avec des bibliothèques sur tous les murs, et des livres entassés dans tous les coins. En plus du fauteuil pivotant, il n'y a qu'un canapé à trois places. La télévision est encastrée dans l'une des bibliothèques. Il n'avait qu'à tourner sur son siège pour la regarder. J'imagine qu'il mangeait à la cuisine.

– Chou blanc, monsieur le commissaire, dit Dermitzakis. Rien que des livres, et des tiroirs pleins de paperasses. Restent l'ordi et les CD, mais ça c'est le boulot de l'Identité judiciaire et des labos.

Je passe dans la pièce d'à côté, qui est la chambre. Un lit à une place, un fauteuil dans un angle, l'armoire pleine de costumes et de sous-vêtements.

Inutile de perdre son temps ici. Mieux vaut faire un tour dans le coin et tâcher de récolter une information intéressante, mais je nous vois mal partis.

18

L'enquête s'annonce plus difficile que la précédente. Rapsanis, lui, laissait une sœur et un fils qui pouvaient planter pour nous le décor, fournir quelques noms, ouvrir des portes. Arkontidis n'avait qu'une famille éloignée.

Le porte-à-porte dans sa rue n'a rien donné. Tout le monde s'accorde : c'était un homme tranquille et renfermé. Ses relations avec ses voisins ne dépassaient pas le bonjour-bonsoir.

Reste à savoir, évidemment, comment un tel homme a pu devenir sous-secrétaire d'État, sachant qu'en politique on ne peut faire un pas sans amis et sans appuis. Arkontidis devait donc avoir, en dehors de sa vie privée, un cercle de relations dont nous ignorons tout.

Avant de prendre contact avec ses collègues, il faut savoir par quoi commencer et quelles questions poser. J'ai donc pris une décision audacieuse : renvoyer Askalidis auprès des étudiants pour en dénicher certains qui accepteraient de me parler.

Il est cinq heures du soir et je traverse l'avenue Mesoyion en route vers le ministère. Je cherche à mettre mes idées en ordre avant ma discussion avec le sous-chef.

Il m'attendait et se lève à mon entrée.

– Nous allons dans le bureau du chef. Il veut être informé lui aussi.

– Le ministre sera là ?

Avant de le voir, j'aimerais mieux discuter d'abord de la marche à suivre avec mes supérieurs.

– Non, ne vous inquiétez pas. Le chef et moi avons décidé de lui remettre un rapport écrit après que vous nous aurez informés.

Le chef ne semble pas ravi de nous voir. Il nous déclare avec un regard de parent éploré :

– L'heure est grave, messieurs. Non seulement on assassine des personnalités, mais nous allons avoir le gouvernement sur le dos.

Il se tourne vers moi.

– Je sais que le poids retombe avant tout sur vous, monsieur le commissaire. Mais d'un autre côté vous êtes notre seul espoir : seul un policier expérimenté comme vous peut défaire ce nœud gordien.

Je me lance dans un rapport détaillé. Le chef me demande :

– L'identité de la femme qui poussait Rapsanis à entrer en politique, qu'en attendez-vous ?

– Tout ou rien. Elle cherchait peut-être à le piéger, mais cela pouvait aussi bien être un jeu amoureux, que Rapsanis, étant seul, a pris au sérieux.

– Autrement dit, conclut le sous-chef, on nage en plein brouillard.

– J'ai pensé à une démarche qui peut nous aider, mais comme elle est risquée je souhaite avoir votre avis et votre accord. J'ai un nouvel adjoint, très capable. Il nous a amené un ancien étudiant de Rapsanis qui nous a fourni des informations très utiles. Ce qui m'a donné l'idée d'envoyer à nouveau cet adjoint auprès des étudiants dans le même but. D'un autre côté, vous savez que certains de nos étudiants sont moins étudiants que militants politiques ou casseurs. Je ne peux pas vous garantir que l'un ou l'autre n'ira pas parler de notre rencontre en public ou sur Internet. Voilà pourquoi j'ai besoin de votre accord.

Tout en parlant je n'en crois pas mes oreilles. Sous Guikas, je n'en aurais fait qu'à ma tête sans rien demander à personne. À présent je protège mes arrières. Et pas seulement à cause de la brèche. Depuis hier soir, je ne veux pas que mon petit-fils grandisse avec l'image d'un grand-père tombé au champ d'honneur.

Le sous-chef me lance la bouée.

– Vous avez bien fait de nous en parler, mais cette rencontre ne sort pas du cadre de notre enquête. S'il y a des fuites, nous dirons que l'enquête s'est faite de façon tout à fait légale.

Le chef me demande :

– Lors de notre dernière discussion, nous avions tous plus ou moins exclu l'hypothèse terroriste. Vous maintenez votre point de vue ?

– Dans le deuxième meurtre, la barre de fer et le poignard ne sont pas les armes des terroristes grecs. Ce meurtre cependant confirme un soupçon. Dans le premier cas, nous avons un vélomoteur et une femme casquée ; dans le second, sur le vélomoteur, un homme casqué. Ce qui laisse supposer l'existence d'une bande organisée.

– D'accord avec vous, dit le chef, mais cela ne me rassure pas du tout.

– Il y a autre chose, lui dis-je, et cela ne va pas vous plaire du tout.

– C'est-à-dire ?

– Dans les deux cas, les auteurs connaissaient très bien les victimes et leur vie personnelle. Ils ont surveillé

Arkontidis et attendu le moment propice pour frapper. Nous avons donc affaire à des gens décidés et bien organisés.

Le chef allait me répondre lorsque le téléphone l'interrompt.

– Bien sûr, monsieur le ministre. Nous arrivons. Il veut nous voir tout de suite, dit-il au sous-chef, puis il se tourne vers moi.

– C'est une heureuse coïncidence que vous soyez là. Venez avec nous.

Heureuse pour moi, pas du tout, mais je ne peux pas me défiler.

Le ministre, comme d'habitude, nous reçoit dans la salle de réunion.

– Mais où allons-nous, enfin ? s'écrie-t-il, furieux. Une deuxième victime ! Vous comprenez que l'opinion publique est bouleversée et le gouvernement dans une position très difficile ?

– Nous le comprenons parfaitement, monsieur le ministre, répond le chef.

– Puis-je savoir où en est l'enquête ?

Deux paires d'yeux se tournent vers moi. Je dois me résoudre à faire ce que je voulais éviter : donner au ministre une image globale de la situation. Je lui épargne les détails.

– En d'autres termes, résume-t-il, nous n'avons pas avancé d'un pas.

– L'élucidation d'un crime exige du temps, monsieur le ministre, répond le sous-chef.

– Et en attendant, cette bande va continuer de tuer des universitaires, des membres du gouvernement, et nous ne pourrons rien faire.

– Vous pouvez faire quelque chose, monsieur le ministre.

– Quoi donc ?

– Renforcer la protection des membres du gouvernement. D'abord, ceux qui viennent de l'université ne doivent pas faire un pas sans leurs gardes du corps. Ceux de Rapsanis l'accompagnaient jusqu'à sa porte, puis il les renvoyait. Arkontidis allait seul faire son jogging, il l'a payé de sa vie. Ensuite, ces ministres-là ne doivent rien toucher de ce qui arrive dans leur bureau ou chez eux avant contrôle de la police.

– Vous avez raison. Je m'en occupe aussitôt. Et dès aujourd'hui, vous ne lâchez pas cette affaire.

– C'est déjà le cas, monsieur le ministre.

– Vous lui avez très bien parlé, me dit le chef en sortant.

Je les salue et m'en vais content : cette fois non plus, je n'ai pas perdu le contrôle.

Je monte dans la Seat et mets le cap vers la maison. Il y règne un silence absolu. La télévision en congé, Adriani disparue. Je me dis qu'elle est peut-être allée chez les Grâces pour leur annoncer la venue de l'Enfant, lorsque j'entends du bruit dans la chambre.

Je découvre Adriani penchée sur le vieux coffre de ses parents que nous gardons dans un coin, sous une broderie. Je n'ai jamais su ce qu'elle y a mis, mais là je vois, alignés par terre, divers lainages, des photos encadrées, tandis qu'elle continue de fouiller.

– Mais qu'est-ce que tu fabriques ?

Elle relève la tête.

– C'est là que je garde les affaires de bébé de Katérina. J'ai eu envie d'y jeter un coup d'œil. Certaines iront peut-être au petit.

Je reste sans voix. J'hésite entre éclater de rire et la trouver folle.

– Adriani, nous avons encore six mois avant la naissance. Nous ne connaissons ni la taille du bébé ni son poids. Et d'ailleurs Katérina était une fille.

– Les bébés sont habillés pareil, garçons ou filles, c'est la couleur qui change. Je veux les trier, les laver, que tout soit prêt pour la chambre de l'enfant, dans leur nouvelle maison.

– Ils vont déménager ? Ils t'ont dit ça quand ?

Elle me regarde comme si j'étais un extraterrestre.

– Mais tu ne comprends pas ? Ils vivent dans deux pièces. L'enfant doit avoir sa chambre, non ? Donc ils vont déménager. Tu crois qu'il faut me le dire pour que je le comprenne ?

En tout cas il faut me le dire à moi, qui suis nul.

Je la laisse continuer et me réfugie dans le séjour, devant la télévision. Comme je m'y attendais, le meurtre d'Arkontidis occupe toutes les infos. Je tombe sur Rodopoulos, invité dans le studio. Ne sachant rien de rien, il aligne les banalités. Au bout d'un instant la présentatrice, à court de questions, le laisse partir.

Adriani vient s'asseoir à côté de moi. Je lui demande :

– Fini, le pèlerinage ?

Elle me regarde sans un mot. Puis :

– Bon, je sais que c'est idiot. Mais je suis tellement heureuse que je cherche un prétexte pour m'occuper de mon petit-fils.

– Pas de panique, tu auras tout le temps. Katérina a son boulot et toi tu t'occuperas du bébé. Je vais devoir me passer de tes petits plats.

– Attends, je ne vais pas te laisser mourir de faim ! s'écrie-t-elle, vexée. Je n'aurai peut-être pas le temps pour des tomates farcies, mais tu auras droit aux légumes à l'huile et au poulet rôti.

– Et si on allait manger, tant qu'il y a des tomates farcies ?

Nous éteignons la télévision et Adriani nous sert le reste des tomates farcies d'hier. Nous mangeons en silence, l'esprit occupé par notre petit-fils.

19

Je les retrouve massés devant la porte de mon bureau. Dès qu'ils me voient, ils me tombent dessus.

– Monsieur le commissaire, donnez-nous quelques infos, nous sommes en plein brouillard ! lance la petite en collant rose. Si ça continue, on va se faire traiter d'incapables et tous se faire virer !

– On se connaît depuis tant d'années ! enchaîne le petit jeune au T-shirt. Au nom de nos bonnes relations, aidez-nous ! On ne citera pas nos sources, vous avez notre parole.

Bonne relation, je veux bien, même s'ils m'ont bien enquiquiné, mais je n'ai aucune envie de fâcher le ministre et la direction de la police, surtout au moment où tout baigne entre nous.

– Mon silence n'a rien à voir avec nos relations, mais avec les ordres du ministère, dis-je à l'assemblée. Toutes les déclarations viendront du porte-parole du ministère, M. Rodopoulos. Adressez-vous à lui.

– Vous l'avez vu hier à la télé ? dit la grande bringue. Il n'a rien dit. Soit il ne savait pas, soit il ne voulait pas. Mais la police enquête, elle a le devoir de nous informer. Je ne comprends pas votre silence. On dirait que la mentalité bureaucratique a infecté jusqu'à la police.

Les autres lui lancent des regards furieux. Je lui réponds :

– La Constitution ne garantit que l'indépendance de la justice. La police n'est pas indépendante. Elle est aux ordres du pouvoir politique. Si vous ou vos supérieurs avez un problème concernant l'information, il faudra le résoudre avec le bureau du ministre.

J'entre dans mon bureau, pose mon croissant et bois une gorgée de café. C'est amusant : ils n'ont pas arrêté de me pomper l'air et voilà qu'ils invoquent nos bonnes relations. D'un autre côté, je dois reconnaître que Rodopoulos est un crétin. Il finira par gaffer et il faudra se démener pour limiter les dégâts. Notre seul espoir : que les médias se révoltent et réclament une meilleure information.

J'appelle Askalidis et l'envoie se promener dans les repaires des étudiants.

– Mais sois très prudent avec ceux que tu contactes et ceux que tu vas choisir. N'oublie pas que nous sommes sur la corde raide.

– Ne vous inquiétez pas, je n'irai pas seul. J'emmène un pote qui fait un master de criminologie. C'est lui qui choisira nos interlocuteurs et les abordera.

Il sourit.

– D'accord, il ne le fait pas par bonté d'âme. Il doit penser qu'il pourra frapper à notre porte s'il a besoin d'aide pour son master.

Dès qu'il est parti, j'appelle Stella pour qu'elle invite Vellidis et Karabetsos à une réunion dans le bureau de Guikas.

J'y suis en même temps que Vellidis. Karabetsos arrive un peu plus tard, s'arrête à la porte et regarde autour de lui.

– Les gars, quelque chose me manque.

– C'est Guikas ! Quoi d'autre ? répond Vellidis. Qu'est-ce qu'on devrait dire, nous qui sommes plus anciens…

Je fais passer l'émotion en résumant le meurtre d'Arkontidis. Je demande à Karabetsos :

– Tu crois toujours qu'il ne s'agit pas d'une organisation terroriste ?

– Oui, mais j'ai des doutes.

– Pourquoi ?

– À cause du nouveau meurtre. Une bande bien organisée, d'accord. Mais je crains que la frontière entre bande et organisation terroriste ne devienne floue un jour. Comme l'a dit ton adjoint, cette bande cherche à terroriser les universitaires passés à la politique, et s'il y a de nouveaux meurtres, ils ressembleront peut-être plus à des actions terroristes.

– Que proposes-tu ?

– Je vais envoyer mes hommes dans les bases arrière des terroristes. Mais je ne crois pas à l'hypothèse terroriste, ou pas encore. Ce qui m'intéresse, c'est la femme et l'homme à vélomoteur. Ils pourraient peut-être venir d'un groupe terroriste. Si c'est le cas, et si nous arrivons à les localiser, on y verra plus clair.

– Tu as raison. Vas-y.

Je me tourne vers Vellidis.

– Tu as du nouveau ?

– Oui, et je ne sais pas si tu vas mourir de rire ou te cogner la tête contre les murs.

– Pourquoi ?

– On a démasqué Lysistrata. C'est une certaine Glykeria Karabini, qui habite Kozani. Elle n'a aucun rapport avec la politique. Elle collectionne les pseudos sur Facebook : en plus de Lysistrata, elle est Antigone et Érato, avec des noms de famille inventés. Cette dame passe ses journées sur Internet à nouer des relations amoureuses. Je dois dire qu'elle est très méthodique. D'abord elle enquête sur son amant futur, son histoire, sa situation professionnelle et familiale, puis elle prend contact.

– C'est comme ça qu'elle a séduit Rapsanis ?

– Exactement. Elle a su qu'il était professeur, séparé et qu'il vivait seul. La victime idéale. Et Rapsanis a mordu à l'hameçon.

– Non seulement il a mordu, dit Karabetsos, mais elle lui a collé le virus de la politique. Et nous, maintenant, on rame.

Skinas a vu juste, me dis-je. L'amour électronique. Ce qui est sûr, c'est que Glykeria était une fausse piste et le trésor entrevu part en fumée.

Un appel de Stella. Un de mes adjoints veut me parler. C'est Askalidis.

– Monsieur le commissaire, j'ai là des étudiants qui acceptent de vous parler. Je vous les amène où ?

– Là où tu m'as amené l'autre.

Je dis à Karabetsos de demander à Dimitriou l'ordinateur d'Arkontidis, qu'on le fouille.

– J'espère qu'on ne va pas encore en sortir un grand amour, remarque Vellidis, hilare.

Je retrouve Askalidis à la cafétéria, assis à l'intérieur avec trois filles et un garçon.

– Ils préfèrent être dedans, qu'on ne les voie pas.

– Parfait, nous serons tranquilles.

– Excusez-moi, me dit l'une des filles, comment doit-on vous appeler ?

– Monsieur le commissaire ou monsieur Charitos, comme ça vous arrange.

– Alors monsieur Charitos, dit le garçon.

– Vous êtes tous à la même fac ?

– Theano et Anna sont en droit, m'explique Askalidis en me montrant une blonde à queue-de-cheval assise à côté de moi et une châtain aux cheveux courts assise en face. Nikos et Loukia sont en lettres.

Le garçon, la boule à zéro, a des grigris aux deux poignets. La fille est brune, les cheveux jusqu'aux épaules.

– Vous savez de quoi je voudrais que nous parlions ?

– Oui, dit le garçon, Thanos nous l'a expliqué.

– On commence par quoi ? dit Theano. Par la fac ? Il y a de quoi se flinguer. Les locaux, un vrai tas d'ordures. On commence avec un prof, il nous donne un travail, on le remet à un autre. Quand un cours a lieu, il est interrompu par une occupation. Après le départ des occupants il manque plusieurs ordis. À part ça, que dire ? Quels profs sont bons, quels autres non ? Ceux qui viennent font cours, donnent du travail et un peu de leur temps, ceux-là sont bons. Le reste, mieux vaut ne pas trop creuser.

– Tu as peut-être raison, mais moi, creuser, c'est mon boulot.

Ils rient tous.

– Moi je vais vous expliquer, dit Nikos. Les étudiants se divisent en deux catégories. Ceux qui veulent étudier, ceux qui veulent un diplôme.

– La différence ? demande Askalidis.

– Ceux qui veulent un diplôme, c'est la vieille école, celle du temps où on passait le bac, on entrait en fac, on décrochait le diplôme et on devenait fonctionnaire. Fini, tout ça. Beaucoup parmi ceux qui occupent et défilent appartiennent à cette catégorie. Au bout d'un moment ils se réveillent, comprennent que leur diplôme ne les mènera nulle part, et ils cassent tout pour se défouler. Restent les autres comme nous qui veulent étudier. Nous voulons le diplôme, mais c'est pour aller ensuite en fac à l'étranger et voir des jours meilleurs.

Je décide de mettre un frein, l'état de l'université n'étant pas mon sujet.

– J'ai une question plus précise : que pensez-vous d'Aristotelis Arkontidis ?

Nikos et Loukia se regardent, et c'est Loukia qui parle.

– Il enseignait l'école poétique de l'Heptanèse. Ses cours étaient toujours très suivis. Je dois dire que personne n'a dit du mal de lui. Il était irréprochable avec tout le monde.

– Sauf qu'il était plus irréprochable encore avec certains, ajoute Nikos avec un sourire entendu.

– Avec qui ?

– Les membres des jeunesses étudiantes, et surtout celles de son parti. Avec ses collègues il avait des relations de pure forme. Il fréquentait les étudiants, et surtout ceux de son bord.

– Il avait des ennemis à l'université ?

– Je n'ai jamais rien entendu dans ce sens. Tout ce qu'on sait, c'est que les occupations rendaient fous furieux certains profs, alors que lui regardait ailleurs en sifflotant.

Nous aurons au moins appris cela : il faut probablement chercher le coupable hors de l'université. Mais comment le trouver, cet assassin d'un homme sans amis, sans ennemis autour de lui et bien vu de ses étudiants ? Je me tourne vers les deux autres.

– Et vous, qu'avez-vous à me dire de Rapsanis ?

– À peu près la même chose, répond Theano. La seule différence, c'est que Rapsanis avait ses petits jeux. Il distribuait les meilleures parts de gâteau à ses copains. Ce qui le rendait antipathique à beaucoup de gens. Pas aux étudiants, mais à ses collègues.

– Qu'avez-vous ressenti quand les deux professeurs vous ont abandonnés pour se lancer dans la politique ?

Ils se regardent. Loukia hausse les épaules.

– Nous étions tous furieux. Au moment où la fac se bat pour ne pas sombrer, on ne crache pas dessus comme ça. Mais que dire ? La fac est tellement pourrie que certains vont jusqu'à dire que même la politique, c'est mieux.

Mon portable m'interrompt. C'est le sous-chef.

– Vous avez lu la déclaration sur la mort d'Arkontidis ?

– Non, je suis de service hors de mon bureau.

– Quand vous l'aurez lue, appelez-moi qu'on en discute.

Je remercie les étudiants, charge Askalidis de payer et me lève.

– Excusez-moi, il faut que je parte. Dans mon boulot, il vous tombe quelque chose dessus à tout moment.

Je rentre à la Sûreté dare-dare. Koula a imprimé la chose et l'a laissée sur mon bureau.

Hier nous avons exécuté Aristotelis Arkontidis pour haute trahison. Tout comme Klearkos Rapsanis, il a trahi la mission sacrée du Maître. Il a sacrifié ses étudiants, les a privés de son savoir, pour entrer en politique et devenir ministre. Et même pas ministre : SOUS-SECRÉTAIRE D'ÉTAT. Nous voulons envoyer un message à tous les enseignants qui abandonnent leurs postes et leurs étudiants pour un poste de ministre. Aucun d'eux ne doit se sentir en sûreté. Notre fureur devant leur ingratitude renversera tous les obstacles.

La mort d'Aristotelis Arkontidis est dédiée à la mémoire de Yeoryos Th. Zoras, professeur de littérature médiévale aux universités d'Athènes et de Rome et cofondateur de l'Institut d'études byzantines et néohelléniques de Rome. Il a consacré sa vie à l'enseignement et à la recherche. Aristotelis Arkontidis, qui n'a pas suivi l'exemple de ce maître, mérite la mort.

J'appelle aussitôt Koula.

– Où as-tu trouvé ça ?

– Stella m'a prévenue, après un appel du bureau du sous-chef.

Je fais venir Dermitzakis et Dervisoglou.

– Vous avez lu la proclamation ?

– Oui.

– Je voudrais votre avis.

– Quelque chose m'a frappé, dit Dervisoglou. Les auteurs doivent être des gens instruits.

– Qu'est-ce qui te fait dire ça ? demande Dermitzakis.

– Ils connaissent les professeurs du passé. Theodorakopoulos, Zoras… Moi qui suis allé à la fac, je n'ai jamais entendu ces noms-là.

– Attends, dit Dermitzakis dédaigneusement. Tu n'as qu'à chercher dans le dictionnaire ou sur Wikipedia et tout t'arrive sur un plateau.

– Tu crois ça ? répond Dervisoglou. Pour les trouver dans un dictionnaire, il faut d'abord savoir leurs noms !

– Il y a autre chose, intervient Koula. Certains des auteurs au moins ont dû étudier à Athènes. Les deux professeurs en question viennent de là. Pas un mot sur Thessalonique.

Bonnes remarques dans les deux cas. Je distribue félicitations et feuilles de route. Deux d'entre eux partent avec le sourire et Dermitzakis fait grise mine.

J'appelle le sous-chef et lui rapporte les remarques de mes adjoints.

– Voilà qui renforce l'hypothèse terroriste, dit-il. La plupart des terroristes, en Grèce du moins, ont fait des études supérieures.

Je n'y avais pas pensé. Il poursuit :

– Par ailleurs, j'ai une autre mauvaise nouvelle. C'est vous désormais qui répondrez aux questions des journalistes. Le ministre a compris que Rodopoulos est un incapable qui l'expose.

Un malheur n'arrive jamais seul.

20

L'étape suivante, logiquement, c'est de consulter Karabetsos. Je lui propose une rencontre dans le bureau de Guikas.

Nous sommes tous dans le brouillard, mais quelqu'un au moins est satisfait : Stella voit que la fréquentation ne baisse pas et sent son poste moins menacé.

Karabetsos a lu la proclamation et m'écoute attentivement.

– Tu n'as pas tort, dit-il. Ces gens-là sont instruits. Nous n'avons pas affaire à des immigrés. Et le sous-chef a raison lui aussi quand il dit qu'un certain niveau d'instruction renforce l'hypothèse terroriste.

– Tu as une idée.

– Oui, plusieurs, mais je ne sais pas si elles tiennent la route. J'ai quelque chose en tête, mais ce ne sera pas facile. Si ça marche, cela pourrait nous mettre sur le bon chemin. Je te dirai demain.

Je redescends au troisième. J'entends leurs voix en sortant de l'ascenseur et devine ce qui m'attend.

Ils sont rassemblés dans le couloir, comme toujours, devant mon bureau. Je suis accueilli par une collection de visages souriants, à l'exception de la grande bringue, puisque sourire est contraire à sa religion.

– Vous voyez, monsieur le commissaire, on a gagné, dit Merikas, le remplaçant de Sotiropoulos. On vous a sûrement mis au courant.

Je le confirme et les fais passer dans mon bureau. Si nous restons dans le couloir, personne à l'étage ne pourra travailler.

Ils se ruent dans le bureau, et une fois entrés se ruent sur moi.

– Pouvez-vous nous informer quant à l'enquête sur les deux meurtres, monsieur le commissaire ? m'interpelle la petite au collant rose. Les jours passent et nous ne savons toujours rien.

Je leur donne un résumé détaillé de la situation, en laissant de côté nos récentes réflexions sur les auteurs.

– Pensez-vous que le criminel est une personne isolée ? demande Merikas.

– Non, tous les indices montrent qu'il s'agit d'une organisation criminelle.

– Vous excluez qu'il s'agisse d'étudiants ? lance le jeune en T-shirt.

– Ce n'est pas exclu, mais rien ne le donne à penser.

– Autrement dit, vous n'avez pas avancé d'un pas, commente la grande bringue.

Soudain, Loukidou, une quinqua que je distingue des autres car Sotiropoulos l'estimait, se tourne vers l'autre, furieuse.

– Areti, sois mignonne, arrête de frimer.

– Je ne frime pas, je fais mon boulot. De quel droit tu t'en mêles ?

– Ton boulot ? intervient Merikas. Tu passes un savon au commissaire. Comme si tu étais sa supérieure.

Je calme le jeu :

– Eh bien, nous n'avons plus rien à nous dire, je crois. Quand vous aurez besoin de moi, vous saurez où me trouver.

Et je leur ouvre la porte, qu'ils aillent se bouffer le nez ailleurs.

Je m'accorde une pause pour me concentrer. Nous avons avancé dans l'analyse, mais l'identité des auteurs nous échappe encore. Mon seul espoir est la petite fenêtre entrouverte par Karabetsos.

C'est décidé, je rentre chez moi. L'enquête n'a pas progressé, mais j'ai acquis deux adjoints astucieux et cela me remonte le moral.

J'arrive à la rue Mihalakopoulou lorsque soudain me vient une idée. Nous n'avons pas discuté de Rapsanis avec un psy. D'accord, sa conduite peut s'expliquer par la solitude, mais un spécialiste pourrait nous mettre sur une piste insoupçonnée.

Le seul psy en qui j'aie confiance, c'est Mania. Au lieu de rentrer chez moi, je mets le cap sur le bureau qu'elle partage avec ma fille.

– J'appelle votre fille, monsieur le commissaire ? me demande la secrétaire à l'accueil.

– Plus tard. Je voudrais parler à Mania.

Elle arrive aussitôt, l'air inquiet.

– Rien de grave ?

– Non. J'ai besoin d'un conseil de la psychologue, si tu as le temps.

– Bien sûr. Entrez. J'en ai fini avec mes rendez-vous.

Elle me prend par le bras jusqu'à son bureau.

– J'espère que vous n'aurez pas de problèmes psychologiques à cause de votre petit-fils qui s'appellera Lambros, dit-elle en souriant.

– Pas pour l'instant. Mais j'ai une affaire qui me tracasse.

– Le meurtre des deux professeurs ?

– Exact.

Je lui raconte la femme de Kozani.

– Peux-tu m'expliquer ce qui amène un professeur renommé à se laisser entraîner par une femme qu'il n'a jamais vue, au point d'abandonner son très bon poste pour la politique ?

Mania réfléchit.

– Je vais tâcher de vous expliquer, mais ce ne sera pas facile : vous n'utilisez pas Facebook ni Twitter. Internet est devenu, entre autres choses, le lieu de rencontre des solitaires. Autrefois on allait s'asseoir sur un banc et on attendait que quelqu'un s'assoie à côté. Ou bien on engageait la conversation avec son voisin au café. Aujourd'hui on reste devant l'écran et on tapote pour rencontrer l'âme sœur sur Facebook.

Elle attend une question, qui ne vient pas, et continue.

– Mais il y a deux différences importantes. Mon père, partisan de la dictature, disait souvent : « Le visage est une arme. » Ici, pas de visages, monsieur le commissaire. On a une foule d'amis, mais on connaît rarement leurs visages. Le seul espoir, c'est qu'ils soient mis en ligne sur Facebook. La seconde différence, c'est la communication. Sur le banc ou au café, on se parle. Sur Internet, on s'écrit. Or les écrits restent. On n'a pas besoin de chercher dans ses souvenirs, la machine garde tout en mémoire. Notre professeur, comme tous ses collègues universitaires, est sous le charme de l'écrit. Si la dame en question a un certain niveau, si elle maîtrise l'écriture, il ne sera

142

pas difficile de le convaincre. Ce que nous ne saurons jamais, hélas, c'est à quel point il se sentait seul. À quel point il a souffert du divorce et de la rupture avec son fils. Vous m'avez parlé au début de son ambition. Ajoutez-y sa boulimie, autre forme d'avidité, et vous comprendrez combien la tâche de cette dame en a été facilitée.

– Merci, Mania. Tout est plus clair pour moi.

Je me demande si je n'aurais pas besoin aussi d'un profil d'Arkontidis.

La porte s'ouvre, c'est Katérina.

– Bravo ! Tu viens au bureau et tu ignores ta fille enceinte, dit-elle en souriant.

– La fille enceinte ferait mieux d'éviter tout chantage affectif, commente Mania.

– Tu voulais quelque chose ?

– Oui, les lumières de Mania. Elle me les a données.

– Si tu entends parler d'un trois pièces à louer dans le coin, fais-moi signe.

– Vous allez déménager ?

– Bien sûr. Avec le bébé, nos deux pièces ne suffiront plus.

Adriani a vu juste encore une fois. Je ne le lui dirai pas, pour éviter son « qu'est-ce que je disais ? » et le sermon qui suivra. Je ne suis pas d'humeur.

Je la trouve dans la cuisine en train de ranger ses courses.

– Ce soir nous avons des anchois au four. Mais demain tu mangeras encore des légumes farcis.

– Comment se fait-il ?

– J'ai invité à dîner Aryiro, Kalliopi et Tassia. Aryiro m'a appelée pour qu'on se voie. Je lui ai dit que nous aurions bientôt un petit-fils, elle était toute contente.

Je me suis dit que ce serait l'occasion de lui rendre l'invitation.

Tandis qu'elle finit de ranger je me mets à table en attendant les anchois.

21

POLITIQUE. n.f. 1) Art d'administrer, de gouverner la cité, l'État, en ce qui concerne les affaires intérieures et extérieures. *Il s'est lancé dans la politique. Il est né pour la politique.* 2) Science de la gestion des affaires de l'État. Programme appliqué par un gouvernement. *Politique agricole, économique, éducative du gouvernement. La politique de Kapodistrias a été en grande partie salutaire.* 3) Façon d'agir dans une circonstance quelconque.

Je doute que Mme Glykeria de Kozani ait lu la définition du dictionnaire de Dimitrakos, mais ce qu'elle a dit à Rapsanis se rapproche sûrement du deuxième exemple : il fallait le convaincre qu'il était né pour ça.

Oui, mais elle n'a pu agir de même avec Arkontidis. Je préfère une autre explication, qui vaut pour les deux hommes. Lisant ces définitions, ils se seraient dit : le droit est une science, l'enseignement est un art, la politique est un art et une science, donc nous ne changeons pas de domaine, nous passons à un art et une science nouveaux.

Mania m'inspire un grand respect, une grande confiance, mais elle non plus n'a pas lu le dictionnaire.

Au lieu de m'expliquer Rapsanis en détail, elle n'avait qu'à me renvoyer à Dimitrakos.

Sur mon bureau je trouve le rapport d'autopsie d'Arkontidis. Je pose mon café et mon croissant pour le lire. Stavropoulos confirme que la mort remonte à huit heures du matin. Autre détail intéressant, elle n'est pas due au choc sur le crâne, mais au coup de couteau qui a troué le cœur.

J'allais continuer ma lecture lorsque m'interrompent les cris d'une femme dans le couloir.

– Je veux qu'on me dise comment Aris est mort ! Je suis sa sœur et j'exige de savoir !

J'ouvre ma porte et je la vois, plus âgée qu'Arkontidis, cheveux blancs frisés, criant tandis que Koula s'efforce de la calmer.

– Venez dans mon bureau, lui dis-je. Je suis le commissaire Charitos et je vais vous renseigner.

Elle entre dans mon bureau. Je fais signe à Koula de nous laisser, ferme la porte et nous nous asseyons face à face.

– Puis-je savoir qui vous êtes ?

– Viktoria Arkontidi, sœur d'Aris Arkontidis.

– Je peux vous dire comment votre frère est mort, mais pas encore qui l'a tué.

Je lui décris le meurtre dans les grandes lignes, en évitant les détails qui la bouleverseraient davantage.

– Puis-je vous poser quelques questions ? Vos réponses pourraient nous aider.

– Allez-y, mais je dois d'abord vous dire que je ne suis pas instruite comme mon frère. Nos parents nous ont donné quelque chose à tous les deux. Ils lui ont payé ses études et m'ont laissé leur magasin d'articles touristiques. Si bien que je n'ai pas fait d'études. J'ai grandi à Corfou et j'y vis toujours. Je viens rarement à Athènes. Mon frère, je le voyais quand il venait sur l'île en vacances.

– Nous savons que votre frère était renfermé par nature. Il n'avait pas d'amis à l'université ou en dehors et ne fréquentait que certains de ses étudiants.

– Oui, ceux qui se mêlaient de politique. Il était renfermé, d'accord, mais il avait deux passions : la littérature et la politique. En Italie où il a fait ses études, la politique était déjà là. Ce qu'il a fait au juste, je ne sais pas : la politique, moi, je n'y pense que quand il faut aller voter. Mais il avait un ami italien, qui vit en Grèce, ancien professeur d'interprétation et de traduction à l'Université ionienne. C'est lui qui a appris l'italien à Aris.

– Vous vous souvenez de son nom ?

Je croise les doigts.

Elle réfléchit.

– Guido quelque chose… Attendez.

Elle appelle quelqu'un sur son portable, qui lui donne le nom. Elle l'inscrit sur un bout de papier qu'elle me tend.

– Voilà. Guido Pestoni. Je sais qu'il habite Athènes, mais je n'ai ni adresse ni téléphone. Aris le fréquentait encore. Vous devriez le trouver sur son portable.

– Je vous remercie, madame. Ce sera tout. Vous nous avez bien aidés.

– Quand puis-je emporter mon frère pour l'enterrer sur l'île ?

– Aujourd'hui si vous voulez. L'autopsie est terminée.

Et je lui donne le numéro de l'institut médico-légal. Dès qu'elle est partie, j'appelle Dimitriou.

– Vous avez examiné le portable d'Arkontidis ?

– Pas encore. On ne pensait pas que c'était urgent.

– Fais-le tout de suite, s'il te plaît. En personne.

Et je lui donne le nom de l'Italien.

Ils avaient cette différence : Rapsanis est entré en politique sur le tard, par ambition puérile. Arkontidis a commencé très tôt, puis il a continué, conservant ses relations des organisations étudiantes.

Je suis sur des charbons ardents, mais Dimitriou ne prolonge pas mon attente. Au bout d'une demi-heure il m'appelle.

– J'ai trouvé ! annonce-t-il, triomphant.

J'appelle aussitôt Pestoni et prie pour qu'il soit là. Je suis exaucé.

– Guido Pestoni.

Je me présente.

– Vous pouvez venir tout de suite. J'habite Glyfada.

Il me donne l'adresse et je demande une voiture de patrouille : j'irai plus vite qu'avec la Seat.

Pestoni loge rue Themidos, tout près de l'avenue Posidonos. Je dis à mon chauffeur de mettre les gaz et la sirène, si bien que nous atteignons Glyfada en un quart d'heure.

La femme de Pestoni, une Grecque dans les soixante-dix ans, me conduit aussitôt dans le bureau de l'époux.

Un peu plus âgé que sa femme sans doute, il se tient droit et ne manque pas d'allure.

– Vous voulez que je vous parle d'Aris ? dit-il, et il soupire. Le choc a été si rude pour moi que je ne sais pas si je pourrai vous dire ce qui vous intéresse. Laissez-moi un peu de temps.

Son grec est parfait, avec juste une pointe d'accent.

Il se lève, ouvre la porte-fenêtre et sort sur le balcon, qui donne sur le golfe Saronique. Il reste immobile, dos tourné à la pièce. Puis il revient s'asseoir à son bureau.

– Je suis originaire de Sardaigne et la mer me tranquillise toujours. C'est d'ailleurs pour cela que nous sommes venus à Glyfada.

Il semble se souvenir soudain du motif de ma visite.

– Je vous écoute.

– J'ai appris qu'Arkontidis a été votre étudiant et que vous lui avez enseigné l'italien.

– C'est vrai. J'enseignais alors au département des langues étrangères. Il voulait apprendre l'italien pour étudier en Italie. La traduction et l'interprétation ne l'intéressaient pas. Il avait une passion pour les poètes et les prosateurs de l'Heptanèse. Figurez-vous qu'il insistait pour qu'on fasse le cours de langue sur les poèmes italiens de Solomos. Il est entré tout de suite à l'université. Il aurait pu aller à Rome, mais il a choisi Pavie.

– Pour quelle raison ?

– C'est là que le poète Solomos a fait ses études. Il voulait faire comme lui.

– On nous a dit qu'il avait eu des activités politiques dès l'Italie.

Il réfléchit un instant.

– Arkontidis était un jeune homme – comment dire ? – tourmenté, monsieur le commissaire. D'un côté il se passionnait pour ses études, et en particulier pour les auteurs de l'Heptanèse et Solomos. D'autre part il adorait la politique. À l'université il a rejoint le cercle Lotta Continua. Vous savez ce que c'était ?

– J'entends ce nom pour la première fois.

– Une organisation révolutionnaire, très influente à l'université. La police la surveillait et Arkontidis était étranger. J'ai craint qu'on ne le renvoie en Grèce avant la fin de ses études. Un jour qu'il était venu à Corfou pour Noël, je lui ai parlé. Il m'a dit de ne pas m'inquiéter, qu'il était très prudent. Pour finir il s'est concentré sur ses études, Lotta Continua s'est peu à peu dissoute et il a fait sa thèse en Italie.

Tout cela explique les relations d'Arkontidis avec ses étudiants. Les anciennes amours ne s'oublient pas facilement. Cela dit, je ne vois pas le lien entre son activité politique italienne et son assassinat. De toute façon il faut que j'en discute avec Karabetsos.

Mais d'abord, informer le sous-chef. Pestoni sitôt quitté, je trouve dans la rue un coin tranquille et l'appelle.

— À votre avis, demande-t-il, l'activité politique d'Arkontidis en Italie est-elle liée à son assassinat ?

— J'en doute. Rapsanis, lui, n'a pas eu la même activité. Mais je vais consulter Karabetsos.

— Discutez-en et rappelez-moi.

À peine monté en voiture j'appelle Karabetsos et lui dis de m'attendre.

— J'ai une surprise pour toi, répond-il.

— Je t'écoute.

— Tu sauras quand tu viendras. Sinon, où serait la surprise ?

Je dis au chauffeur de remettre la sirène.

22

Rentré au bureau, j'appelle aussitôt Karabetsos.

– Rendez-vous au bureau des interrogatoires, m'annonce-t-il tout joyeux.

– Pour quoi faire ? On va s'interroger mutuellement ?

– Tu vas découvrir la surprise.

– Non, tu vas venir d'abord dans mon bureau, nous avons un sujet urgent à discuter.

Il comprend que c'est important et ne proteste pas.

– J'arrive.

Je le mets au courant quant au parcours italien d'Arkontidis. Dès que je prononce le nom de Lotta Continua il se lève d'un bond.

– Lotta Continua ! Mais c'est une organisation terroriste !

– Pestoni me l'a présentée comme une organisation révolutionnaire, active dans les universités et les usines.

– Pestoni vit en Grèce et n'est peut-être pas bien informé. La police italienne la considère comme terroriste.

J'ai des doutes, mais Karabetsos est un spécialiste.

– Et si l'on prenait contact avec la police de là-bas ? dis-je. On saura si Arkontidis était dans le collimateur.

Karabetsos me regarde avec un sourire malin.

– D'abord, il y a la surprise. Voyons ce qu'elle nous dit, et après on en discute.

– Mais c'est quoi, enfin, cette surprise ?

– Elle s'appelle Nikos Kordonas. Il était membre d'une organisation terroriste locale. Nous avons mis la main dessus tandis qu'il posait une bombe sous la voiture d'un industriel. Il nous a aidés en échange d'une réduction de peine. Maintenant il est libre, mais dégoûté du terrorisme et il collabore de son plein gré. Quand j'ai besoin de lui, je lui envoie une convocation, c'est plus sûr. Je ne veux pas qu'il perde la vie et nous un indic précieux.

Nous entrons dans le bureau des interrogatoires et un policier nous amène Kordonas. Il est grand, barbu, quarante ans passés. Karabetsos me présente et Kordonas se contente d'un bref « salut ».

– Nikos, dit Karabetsos, nous avons besoin de tes lumières.

– Je ne garantis rien. Il m'arrive d'être dans la nuit totale.

– Tu as entendu parler des deux profs de fac assassinés ?

– Bien sûr. J'ai même lu les proclamations.

– Tu crois que c'est une organisation terroriste qui a fait le coup ?

Kordonas le regarde, surpris. Indigné.

– Qu'est-ce que tu racontes, Karabetsos ? Avec toutes ces années de métier tu n'as rien appris ? Depuis quand les terroristes tuent des profs parce qu'ils font de la politique ? Qu'ils soient en fac ou à l'Assemblée, on s'en branle ! Les terroristes combattent le système capitaliste. Le but, c'est de le déstabiliser, de montrer sa fragilité. Une déclaration terroriste a toujours une base idéologique. Celles que j'ai lues parlaient plutôt de vengeance divine.

– Nous t'interrogeons parce que nous sommes certains que derrière ces meurtres il n'y a pas une personne, mais toute une bande.

Il me lance un regard méprisant.

– Là, commissaire, tu me rends dingue, et pourtant j'en ai vu d'autres.

– Pourquoi ?

– Karabetsos le sait, mais je vais te le dire. J'ai fini par comprendre que poser des bombes ou tuer, ça n'a aucun sens. J'ai payé en prison. À ma sortie, j'ai pris quelques cours de cuisine et là je travaille dans un fast food. Mais aujourd'hui encore je ne peux pas accepter qu'on dise que toutes les bandes sont terroristes. Dans ce cas, les bandes de voleurs de voitures, de trafiquants de drogue, de cambrioleurs, seraient toutes terroristes, et je prends ça comme une offense, bien que j'aie arrêté.

– D'accord, c'est clair, intervient Karabetsos, conciliant. Les organisations terroristes n'y sont pour rien. Mais nous attendons tes lumières sur un autre point.

– Vas-y.

– La seconde victime a étudié en Italie. Nous savons qu'elle a eu des contacts avec une organisation terroriste nommée Lotta Continua.

Kordonas bondit.

– Mais enfin, tu n'y connais rien ! Lotta Continua, des terroristes ! C'était une réunion d'étudiants et d'intellos, comme Sofri. À côté des Brigades rouges, c'était une ONG !

– La police italienne en fait une…

– Je n'ai rien à voir avec la police italienne. La grecque me suffit. Les Italiens l'ont classée terroriste, parce qu'ils ont envoyé Sofri en taule sur la base d'un faux témoignage, avec la même aisance que vous quand vous voyez des terroristes partout.

– C'est bon, Nikos. On te remercie, tu nous as bien aidés.

Kordonas se tourne vers moi.

– Cherchez ailleurs, commissaire. Salut.

Et il sort.

Je demande à Karabetsos :

– Toi, le spécialiste, quelles sont tes conclusions ?

– Je dirai d'abord que Kordonas est réglo et que j'ai confiance en lui. Donc on en reste à une bande et on exclut le terrorisme.

J'allais dire que c'est déjà ça, lorsque le téléphone m'interrompt. C'est le sous-chef.

– Monsieur le commissaire, le ministre nous attend dans une demi-heure.

– J'arrive.

Je raccroche et me tourne vers Karabetsos.

– Il faut que je m'en aille. Le ministre nous attend.

– Tu es devenu un vrai Guikas de rechange.

Et il éclate de rire, me laissant furieux.

Je prends la Seat, bien décidé à rentrer chez moi ensuite. Pas besoin d'être devin pour prévoir que la réunion va se prolonger. Nous avons les trois Grâces à dîner, je ne dois pas arriver épuisé. D'ailleurs je n'ai rien d'autre à faire au bureau jusqu'à demain matin.

Je passe d'abord par le bureau du sous-chef, voulant éviter un tête-à-tête avec le ministre, et prends le temps de l'informer avant que nous soyons appelés par le ministre.

Nous le trouvons assis à la table en compagnie du chef.

– Je suis très inquiet, dit-il. D'autant que l'enquête, apparemment, n'a guère avancé.

Le sous-chef lui répond :

– L'enquête, à ce stade, progresse par élimination, monsieur le ministre. Le cercle des suspects se resserre peu à peu.

– Eh bien, où en êtes-vous ?

– Aujourd'hui nous avons exclu l'hypothèse terroriste. Monsieur le commissaire va vous l'expliquer.

Je fais mon rapport sans être interrompu. Le ministre m'écoute, l'air sombre. Visiblement, ce qu'il entend ne lui plaît pas du tout.

– Il faut éviter les fuites, monsieur le commissaire. Surtout en ce qui concerne les relations d'Arkontidis avec cette organisation terroriste en Italie. Si les médias s'en emparent, vous comprenez ce qui nous attend.

– Il n'y aura pas de fuites, monsieur le ministre, en tout cas venant de moi. Mais les faits sont connus en dehors de la police. Notre indicateur est au courant, ainsi que l'ami italien d'Arkontidis. Celui-ci n'a pas parlé jusqu'ici, nous pouvons supposer qu'il continuera, mais notre indicateur ?

– Dites à Karabetsos de le menacer. Rien d'autre ?

– Si, monsieur le ministre, dis-je.

– Je vous écoute.

– Je veux votre accord pour interroger des étudiants appartenant aux organisations étudiantes sur les relations d'Arkontidis avec eux.

– Vous le jugez nécessaire ? demande le chef.

– Ces étudiants pourraient nous livrer des indices, il a eu des conversations avec eux.

– J'aimerais mieux que vous parliez avec ses collègues, répond le ministre. Si l'on apprend à l'université que vous avez discuté avec des membres d'organisations étudiantes, nous pourrions avoir des ennuis.

– Il n'a pas tort, me dit le chef en sortant.

– D'accord, mais sans cette source d'informations nous ne pouvons plus avancer.

– Essayez du côté de ses collègues. On ne sait jamais.

Voilà qui m'évoque les consolations adressées aux malades.

Dans la Seat il me vient une idée : consulter Pestoni. Arkontidis lui a peut-être parlé d'un professeur qui avait de bonnes relations avec lui.

Je démarre en direction de chez moi, mais je me sens déjà exténué.

23

Je suis reçu par des cris d'allégresse. Elles se jettent dans mes bras l'une après l'autre, m'embrassent et me couvrent de vœux.

– Que tout se passe bien ! Qu'il soit beau et fort !

Après les effusions nous devisons tous ensemble et Adriani se hâte de rendre hommage à Kalliopi.

– Tu as bien lu au fond de la tasse. Bravo, Kalliopi.

– Oh, simple coïncidence, répond-elle modestement.

– Ne l'écoute pas, c'est une championne, dit Tassia. Elle tombe toujours juste. Moi-même j'en sais quelque chose.

Cette conversation sur les facultés divinatoires de Kalliopi est la dernière chose que j'aie envie d'entendre en ce moment. Heureusement Aryiro change de sujet en détournant la conversation sur moi.

– Tu m'as l'air fatigué, Kostas.

– Fatigué, non, mais je suis sur une enquête difficile qui me porte sur les nerfs.

– Cette histoire de deux professeurs ? demande Tassia.

– Oui. Une affaire très embrouillée. On n'avance pas.

– Et si tu demandais à Kalliopi de consulter le marc de café ? Qui sait, elle pourrait te trouver l'assassin.

Les trois Grâces éclatent de rire, tandis qu'Adriani, après son intervention réussie, va chercher le dîner à la cuisine. En fait, elle n'a pas tort. Du train où vont les choses, je réserve le marc de café comme dernier recours.

– Mais vous n'avez pas du tout progressé ? me demande Tassia, qui a un faible pour les histoires policières.

– Les affaires qui se déroulent en vase clos sont toujours difficiles. Tout le monde protège le groupe et donne des informations au compte-gouttes. Une seule chose est sûre : les meurtres sont commis par une bande.

– On découvre de nouvelles bandes tous les jours, commente Kalliopi, voilà où nous en sommes. Mais une bande qui tue des professeurs d'université, pour moi c'est une première.

– Vous allez en baver avant de mettre la main dessus, j'en ai peur, remarque Aryiro.

– Nous allons les trouver. Le but, c'est qu'il n'y ait pas d'autres victimes avant qu'on les repère.

– Laissez cette conversation futile et venez à table, intervient Adriani qui apporte le dîner. Nous vous avons invitées pour fêter un heureux événement, pas pour parler de crimes.

Je voudrais l'embrasser : il ne m'est pas du tout agréable d'évoquer mes affaires devant des tiers, surtout ce soir, après une rude journée, mais je ne veux pas non plus paraître impoli en refusant de répondre. Je maudis mon incapacité à inventer des ruses pour changer de sujet.

En arrivant devant la table, nous poussons un cri d'admiration général.

– Enfin, dit Aryiro, tu devais nous inviter à dîner, et non nous servir le menu d'un restaurant de luxe !

– Mais il n'y a là que des légumes à l'huile ! répond Adriani. Vous comprenez, cela n'a pas de sens de vous donner de la viande, alors qu'Athènes s'est remplie de grills et que tous les restaurants proposent des grillades.

Les grills, c'est une vacherie à mon égard, moi qui adore les brochettes. Sur la table, je vois les légumes farcis annoncés, mais aussi des aubergines *imam*. En entrée, des betteraves à l'aïoli accompagnées de maquereau fumé.

– Si vous n'aimez pas les légumes farcis, vous pouvez manger les aubergines, ou le contraire, déclare Adriani. N'ayez pas peur, je ne me vexerai pas.

– Qu'est-ce que tu racontes ? dit Tassia. Combien de Grecs n'aiment pas les légumes farcis ?

– Tu n'as pas compris, explique Kalliopi. Elle va nous forcer à manger les deux et après nous serons à la diète pendant trois jours.

– Vous pourrez en emporter dans un Tupperware, précise Adriani.

– C'est ça, commente Tassia. On est venu dîner et on repart avec son déjeuner.

– Dis-moi, demande Aryiro. C'est comme ça que tu vas gaver ton petit-fils ? Tu veux en faire un végétarien ?

– N'y crois pas trop. S'il tient de son grand-père, il ne mangera que des brochettes.

Sans relever la nouvelle vacherie, je me concentre sur mon rôle de maître de maison. J'ouvre la bouteille de vin et remplis les verres. On trinque et ça repart, on souhaite le meilleur pour l'enfant, on félicite les grands-parents.

– Moi aussi je dois vous annoncer quelque chose d'agréable, dit Tassia. Mon fils va faire un mémoire sur deux ans à l'université de Birmingham, et si tout se passe bien on devrait lui confier un enseignement.

Bravos et félicitations fusent de toutes parts.

— Il va sûrement réussir, dit Kalliopi. Themis est très doué et il a fait d'excellentes études. Malgré toutes les difficultés.

Un silence. On n'entend plus que le bruit des couverts.

— Ma chère Adriani, dit Aryiro, tu es un vrai cordon-bleu. Ce repas est un poème.

Tassia est plus hardie.

— Et si on te faisait passer à la télé, pour apprendre aux gens la cuisine grecque ?

— Laisse tomber, répond Adriani. Aucune émission ne voudra de moi.

— Pourquoi ? s'étonne Aryiro.

— Personne ne s'intéresse plus à la cuisine de nos parents. Tu ne vois pas ? On ne prépare plus que des plats bizarres. De la viande aux figues sèches et au jus d'orange et des haricots à la bergamote et aux raisins secs. Je ne regarde plus ces émissions, ça me coupe l'appétit.

Tout le monde rit.

— Ce soir, en tout cas, dit Kalliopi, nous avons tous pris deux kilos.

— Allons, ma pauvre Kalliopi, dit Aryiro, taquine. Tu crois qu'avec deux kilos de plus on aura plus de mal à se marier ?

Adriani reçoit les compliments sans un mot, penchée sur son assiette, comme toujours.

Au dessert nous avons un gâteau au chocolat avec des fraises apporté par Tassia.

— Moi je ne sais pas faire les gâteaux, mais j'ai un excellent pâtissier, je vous le garantis.

Après le repas nous discutons encore une heure, non pas de meurtres mais de la pluie et du beau temps. Puis nous nous séparons, avec embrassades et promesses de nous revoir bientôt.

Je voudrais aider Adriani à débarrasser, mais elle ne me laisse pas faire.

– Va dormir. Tu es fatigué, Aryiro a raison.

Je ne me le fais pas dire.

– Ton repas de ce soir, un vrai délice, lui dis-je. Même pour moi qui suis gâté. Tu m'as surpris.

– Merci, mon chéri. J'espère que mon petit-fils aimera mes petits plats lui aussi.

24

BANDE. n.f. 1) Antiq. Groupe de citoyens athéniens riches. 2) Vx Groupe d'hommes combattant ensemble sous une même bannière. 3) Regroupement occasionnel de personnes ayant des points communs. *Bande de fêtards, de copains.* 4) Groupe organisé et stable de personnes associées pour quelque dessein. *Bande de voleurs.*

Dimitrakos, heureusement que tu ne vis pas de nos jours. Tu contemplerais la décadence du mot « bande », qui commence avec les riches pour aboutir aux malfaiteurs.

Le dictionnaire me trotte dans la tête jusqu'à mon bureau, où je dois l'abandonner pour appeler Pestoni.

– Il est sorti, monsieur le commissaire, me dit sa femme. Il se promène tous les jours près de la mer.

Je demande qu'il me rappelle à son retour.

N'ayant rien de mieux à faire, je convoque mes adjoints et leur rapporte mes entretiens avec Pestoni et le ministre.

– Parler avec les étudiants, c'est très bien, monsieur le commissaire, dit Dermitzakis. Mais je crois qu'on n'y arrivera pas si on n'approche pas aussi les collègues d'Arkontidis. Les étudiants ne savent pas tout. Et en plus je ne me sens pas à l'aise avec eux.

– Pourquoi ? demande Askalidis.

– Ils sont en conflit permanent avec la police. J'ai toujours peur qu'ils ne me racontent n'importe quoi.

– Je suis en grande partie d'accord avec toi, lui dis-je. Seulement nous ne pouvons pas aborder les professeurs à l'aveuglette. Il faut qu'on en repère un qui ne nous dira pas ce qui l'arrange. C'est pour cela que j'ai contacté Pestoni. Arkontidis lui a peut-être mentionné quelqu'un.

Au même instant Pestoni appelle, ses oreilles ont dû siffler.

– J'ai de nouveau besoin de vos lumières, monsieur Pestoni.

Et j'expose ma requête.

Un silence. Je pense d'abord qu'il essaie de se souvenir, mais je vais vite comprendre mon erreur.

– Il avait bien une relation, dit-il avec difficulté, mais pas avec un collègue.

– Avec qui ?

Je pense aux terroristes.

– Avec une étudiante, qui faisait une thèse avec lui. Il me parlait souvent de cette relation, sans me dire ce qu'elle était au juste. Pédagogique, amicale, amoureuse ? Je crois que lui-même ne savait pas.

– Vous connaissez le nom de cette personne ?

– Pavlina Menekidi.

– Merci beaucoup, monsieur Pestoni.

Je raccroche et me tourne vers Koula.

– Nous cherchons une certaine Pavlina Menekidi, la seule personne proche d'Arkontidis. Je veux que tu la rencontres et que tu l'amènes à nous parler. Si j'y vais à ta place, elle sera réticente. Toi, tu es une femme.

Fin de la réunion. Chacun regagne son bureau. Je me prépare à une attente agaçante, mais je me trompe. Je me suis à peine levé pour aller chercher un café lorsque le téléphone sonne.

– Kardassis, monsieur le commissaire. Vous vous rappelez ce professeur que je vous avais signalé et que vous vouliez rencontrer ?

– Bien sûr.

– Monsieur Seferoglou n'a pas fini sa chimiothérapie, mais il se sent bien. Je lui ai expliqué la situation et il accepte de vous rencontrer. Notez son numéro, si vous voulez.

Je note.

– Un grand merci, monsieur Kardassis. Vous m'aidez beaucoup.

– Espérons que cette rencontre vous sera utile.

J'appelle aussitôt. Une femme me répond et me passe le professeur. Sa voix est pleine de vie.

– Je vous propose de venir aujourd'hui. Je me sens vaillant et ce n'est pas toujours le cas ces derniers temps. J'habite Kolonaki, rue Spevsippou.

Il me donne le numéro et je me mets tout de suite en route.

Kolonaki n'est pas loin de l'avenue Alexandras et je suis vite arrivé. Seferoglou habite une maison néoclassique, de celles qui appartenaient dans l'entre-deux-guerres à la classe aisée du quartier, quand elle était aux commandes.

Une Asiatique m'ouvre et me conduit dans une pièce proche de l'entrée. Contrairement aux bureaux de Rapsanis et Arkontidis, celui-ci est petit, avec une seule bibliothèque au fond.

Seferoglou se lève et me tend la main. De taille moyenne, très maigre, il doit avoir plus de quatre-vingts ans.

– Asseyez-vous, monsieur le commissaire. Vous prendrez un café ?

– Non merci. Ce serait mon troisième.

– Je vous ai dit de venir sans tarder, car depuis deux ans je suis affligé d'un cancer. J'ai terminé hier une nouvelle chimiothérapie. Je ne sais pas si ce sera la dernière, mais je n'aurai pas besoin d'aller à l'hôpital pour l'instant et je me sens bien. J'ai créé ici un nouveau lieu de travail, car j'ai du mal à monter au premier étage où se trouve mon vrai bureau. Mais je vous écoute.

Je lui résume la situation, sans lui cacher que je me trouve encore en plein brouillard.

Il ne se presse pas pour me répondre. Sa voix est lente, comme s'il expliquait un problème difficile à un étudiant.

– J'ai lu les deux déclarations, monsieur le commissaire. Inutile de vous dire que je réprouve sans discussion ces deux meurtres. Mais ce qui est étrange dans cette affaire, c'est que les arguments des assassins, eux, sont absolument valides et correspondent parfaitement à la réalité.

– Vous pensez que les assassins ont raison ? dis-je, étonné.

– Je ne dis pas cela. Les assassins ont toujours tort. Mais les raisons évoquées par eux ne sont pas sans fondement. Nos universités sont confrontées à d'énormes problèmes, monsieur le commissaire. Les plus immédiats sont financiers. L'argent fait tellement défaut qu'elles ne peuvent pas payer des enseignants pour assurer tous les cours. Je connais des professeurs à la retraite qui reviennent enseigner pour que les étudiants ne soient pas lésés. Je l'ai fait moi-même jusqu'au moment où le cancer s'est présenté. Maintenant cela m'est impossible, hélas. Dans une pareille situation, donc, il est immoral d'abandonner l'université pour la politique.

– Comme l'ont fait les deux victimes.

– Je ne peux rien dire d'Arkontidis. Je ne sais pas qui c'est. Mais j'ai connu Rapsanis étudiant. Un surdoué, avec une vraie dévotion pour l'étude. Son seul problème, c'était la boulimie. Il a eu son diplôme avec mention et je l'ai persuadé de rester à l'université. J'ai remué ciel et terre pour qu'il soit nommé à son premier poste.

Il soupire et poursuit :

– Très tôt, hélas, les problèmes ont commencé.

– Quels problèmes ?

– La formation de cliques. La division des collègues et des étudiants entre les nôtres et les autres. C'est là le départ du clientélisme qui régit notre pays. Au départ j'ai attribué cela à sa passion de progresser. Mais quand il a abandonné son poste pour être élu député, j'ai compris qu'il y avait eu là une préparation, un entraînement à sa future carrière politique.

– Vous pouvez peut-être m'aider à comprendre quelque chose que personne jusqu'ici n'a pu m'expliquer. Comment un homme qui a consacré sa vie à l'université, aux choses de l'esprit, peut-il tout laisser tomber, anéantir tous ses efforts, rien que pour devenir ministre ? Si je comprends sa façon de penser, cela m'aidera peut-être à limiter le champ des suspects.

– Vous avez parlé des choses de l'esprit. Où cherchez-vous les suspects ? Parmi ceux qui se vouent aux choses de l'esprit ?

– Pas seulement parmi eux, mais sans les exclure.

Seferoglou me sourit.

– Les choses de l'esprit, aujourd'hui… les travailleurs de l'esprit n'existent plus, monsieur le commissaire. Nous n'avons plus que des intellectuels.

– Quelle est la différence ?

– Les travailleurs de l'esprit sont dans les bibliothèques, ils se consacrent à l'étude, à la science. Les intellectuels sont spécialistes en généralités sur tous les sujets. Les travailleurs de l'esprit ont des connaissances, les intellectuels ont des points de vue, qu'ils aiment exposer à la moindre occasion. La présentation du point de vue est liée à deux éléments d'origine sexuelle.

– Sexuelle ?

Je n'en crois pas mes oreilles. Seferoglou a certainement décidé de me rendre fou.

– Eh oui, sexuelle. Il y a d'abord la volupté de l'analyse. Ils analysent tout. Ils souffrent d'une maladie qui n'a pas encore trouvé de thérapie : l'analysiomanie. Ensuite, il y a le plaisir de l'autoécoute. S'écouter parler les ravit.

Il hoche tristement la tête.

– Et de même, il n'existe plus de professeurs d'université, monsieur le commissaire.

– Plus de… ?

Je suis sidéré. Avec qui ai-je donc parlé tous ces jours-ci ?

– Il y a des universitaires, de même qu'il y a des employés du fisc, des banquiers, des policiers comme vous, des militaires comme mon père. Les professeurs d'université se sont agrégés aux universitaires et les travailleurs de l'esprit aux intellectuels. La boucle est bouclée.

Il semble satisfait de m'avoir fait perdre la boussole.

– Je sais, poursuit-il, qu'au premier abord je vous ai désorienté. Ce n'était pas mon intention. Je vous ai fait cette introduction pour vous expliquer que les assassins des deux hommes sont des gens du passé.

Cela fait tilt aussitôt. Je sens qu'on entre enfin dans le vif du sujet. Il enchaîne :

– Ils appartiennent à l'ancienne université, où les professeurs n'étaient pas des universitaires, mais des travailleurs de l'esprit. Ils tuent, à mon avis, dégoûtés qu'ils sont par les universitaires d'aujourd'hui, par ces nouveaux politiciens qu'ils considèrent comme des traîtres. Ils veulent rétablir l'ancienne université. Ils vivent dans un autre monde, le monde du passé. Ne perdez pas votre temps avec les universitaires et les étudiants d'aujourd'hui. Les modernes sont accoutumés à cette réalité, ils la jugent normale. Cherchez dans le passé.

Il respire profondément et s'appuie à son fauteuil.

– Je vais vous demander de me laisser. Je me sens fatigué.

Je me lève aussitôt.

– Monsieur le professeur, je vous remercie. J'ai entendu là quelque chose de différent et cela va m'aider à orienter les recherches.

– Je vous souhaite bonne chance.

Nous nous saluons et l'Asiatique me raccompagne.

Dans la Seat, je m'efforce de mettre mes idées en ordre. Seferoglou est le seul à avoir bien lu les déclarations, à part Kordonas qui a exclu l'hypothèse terroriste. Son incitation à chercher dans le passé m'ouvre une porte, mais cette porte donne sur le chaos. Quel passé ? Où chercher ? Je vois mal d'anciens professeurs tuer au parathion ou planter un couteau dans le dos d'un collègue.

Nous avions déjà établi que les assassins étaient instruits. Ils ont probablement été déçus par leurs études et veulent revenir au bon vieux temps.

Tandis que je démarre, je ne suis guère plus avancé.

25

C'est vrai, dans toutes les enquêtes ou presque on doit chercher dans le passé, mais d'habitude on sait ce qu'on cherche et où. Ici, autant jeter les dés en espérant un double six.

Peu avant d'arriver à la Sûreté, j'en viens à la seule solution raisonnable : demander aux facultés de droit et de lettres les listes d'anciens professeurs aujourd'hui retraités, dans l'espoir de trouver un nom qui nous fera faire un pas en avant.

J'appelle Dervisoglou, qui a fait des études supérieures et connaît mieux la bureaucratie, pour qu'il me fournisse ces listes.

— Il va falloir passer des jours dans les archives des facs et au Musée d'histoire de l'université, fouiller dans les registres et les annuaires. Je veux un mandat, non pas de la police mais du parquet, pour avoir les mains plus libres.

— Je vais dire au sous-chef de le demander, cela nous fera gagner du temps.

— Je remonte à quelle année ?

Bonne question. On n'a pas besoin d'aller jusqu'aux professeurs mentionnés dans les déclarations. La plupart d'entre eux ne sont plus de ce monde, ou alors cloués au lit pour cause de grand âge.

Normalement, nous devrions partir du moment où tout a basculé. Mais je ne veux pas déranger de nouveau Seferoglou, vu son état de santé.

– Que proposes-tu, toi qui es passé par l'université ?

– Monsieur le commissaire, je n'étais pas un passionné. Rien ne m'intéressait, à part décrocher un diplôme.

Voilà qui ne va pas nous aider. Soudain je me souviens que Koula devait retrouver l'étudiante d'Arkontidis. Si c'est fait, cela va sans doute nous éclairer davantage.

– Bon, dis-je à Dervisoglou, nous avons le temps d'y penser avant d'obtenir le mandat.

J'appelle Koula.

– Je l'ai trouvée tout de suite, ce n'était pas difficile. Elle enseigne dans un institut. Elle est d'accord pour nous parler.

– Demande-lui si elle peut venir maintenant. C'est urgent.

Dès qu'elle est repartie, je téléphone au sous-chef et lui rapporte la conversation avec Seferoglou.

– Vous pensez qu'il a raison ? dit-il, songeur.

– Je ne sais pas, mais du moment qu'on cherche à l'aveuglette, autant explorer cette piste.

Il promet de joindre le procureur au plus vite.

Koula m'informe que Mme Menekidi est en route. Nous n'avons encore rien trouvé, mais au moins quelque chose bouge. C'est mieux que rien.

Le sous-chef m'appelle : le mandat sera prêt dans une heure. Je préviens Dervisoglou aussitôt.

– Par où prévois-tu de commencer ?

– Par la fac de droit. Parce que je m'y sens plus chez moi, et que Rapsanis a été la première victime.

Je suis d'accord.

Koula se pointe au bout d'un quart d'heure, accompagnée d'une femme dans les trente-cinq ans. Mince, brune, sans maquillage, et un charme évident. Elle me tend la main.

– Je voudrais vous poser quelques questions, madame.

Et je fais signe aux deux femmes de s'asseoir.

– Si vous voulez m'interroger, c'est sûrement qu'on vous a parlé de ma relation avec Aris.

– D'abord, répond Koula à ma place, nous savons que vous avez fait un master sous la direction d'Arkontidis.

Mme Menekidi ébauche un sourire.

– Allons. Vous savez que cette relation est allée au-delà du master.

Elle se tourne vers moi.

– Nous avons cessé tout contact il y a des années, mais j'ai été tellement bouleversée par sa mort que je suis prête à répondre à n'importe quelle question si cela peut aider à trouver le coupable.

– Qu'entendez-vous par « au-delà du master » ?

– J'étais son étudiante. Après mon master, j'ai voulu continuer avec une thèse sur *Porphyras*, le poème de Solomos. Il a accepté. C'était une autorité sur les poètes de l'Heptanèse et surtout Solomos. Il était passionnant quand il parlait de sa poésie. Les problèmes commençaient quand finissait la poésie.

– C'est-à-dire ?

– Il admirait le poète, mais méprisait l'homme. Il ne supportait pas son alcoolisme, sa relation avec son frère Dimitrios.

– Voilà qui est très intéressant, mais quel rapport avec le meurtre ?

– Patience, monsieur le commissaire, dit-elle calmement. Lorsqu'on parlait de la vie personnelle de

Solomos, on en venait toujours à la politique. Cela commençait par l'aristocratie de Zante, on passait à la vie du poète en Italie, et de là aux études d'Aris en Italie, aux organisations étudiantes là-bas, au Parti communiste italien, aux Brigades rouges et à Lotta Continua. Et là, parti dans son trip, il oubliait sa science et Solomos et ne pensait plus qu'aux luttes populaires. Il ne s'en rendait pas compte, mais dans un sens il était la copie conforme de Solomos.

– Vous pouvez nous l'expliquer ? demande Koula.

– De même qu'il admirait le poète et méprisait l'homme, Aris était un remarquable professeur, mais un insupportable politologue.

En l'écoutant je repense à Seferoglou, à sa distinction entre travailleurs de l'esprit et intellectuels. Arkontidis avait mis ses connaissances au placard au profit de ses points de vue sur la politique.

– Quoi qu'il en soit, poursuit Mme Menekidi, je suis tombée amoureuse du professeur. Je croyais dans ma naïveté que je gagnerais le professeur et l'amant et que je mettrais le politologue entre parenthèses.

Elle hoche la tête, comme pour souligner sa naïveté.

– Je me suis trompée. Chacune de nos rencontres amoureuses commençait par Solomos, butait sur la politique, et à la fin il m'offrait l'amour au lit comme dessert. Il ne me questionnait jamais sur ma famille, ma vie, mes problèmes.

Je jette un coup d'œil à Koula, qui semble éberluée. Elle n'en revient pas. En fait, moi non plus.

Mme Menekidi poursuit :

– Cette situation a duré deux années entières. Un jour j'ai rencontré une personne normale. Il était chirurgien dans un hôpital public et voulait une relation normale avec moi. Quand j'ai dit à Aris que j'avais un autre homme dans ma vie et qu'il fallait rompre, il a mal caché sa joie. Il m'a même souhaité d'être heureuse avec mon nouveau copain. J'ai été tellement déçue et furieuse que j'ai remis mon mémoire tel qu'il était, sans le retravailler avec lui. J'avais l'impression d'avoir vécu dans une réalité virtuelle et je voulais toucher terre. J'ai épousé le médecin et postulé pour être professeur en lycée. En attendant d'être nommée j'enseigne dans un institut. Mais je n'avais pas fini d'être déçue.

— Il y a donc une suite ? demande Koula — en femme plutôt qu'en policière.

— Ma grande déception, ç'a été d'apprendre qu'il s'était lancé dans la politique. Il avait toujours été du côté des organisations non parlementaires et des luttes populaires. Il haïssait le système et regardait même de haut le Parti communiste italien. Comment a-t-il pu accepter de rentrer dans le rang et d'accéder en plus au gouvernement ? Je ne peux pas chasser l'idée que pendant ces deux ans il m'a trompée. Et je ne peux pas l'expliquer.

Elle s'interrompt et nous attendons qu'elle recouvre son calme. Elle reprend :

— Pourtant, quand j'ai appris sa mort, j'ai été boule-versée. Malgré l'opinion que j'ai de lui, nous avons eu une relation et il ne m'est pas du tout facile d'accepter son assassinat. Voilà pourquoi je suis venue tout de suite. Ça me soulage.

Elle est venue raconter sa relation avec cet homme et ça lui fait du bien, me dis-je, mais nous ne sommes pas avancés pour autant.

— Avez-vous connu des amis à lui ?

— Son seul ami était un Italien, le professeur qui lui a appris la langue. Mais je ne l'ai pas rencontré. Toutes ses autres relations étaient de pure forme. Aris était un dissimulateur, monsieur le commissaire. Rendez-vous compte, tout ce que j'ai su sur sa famille, c'est qu'elle vivait à Corfou. Il ne m'a jamais parlé de ses parents ni de sa sœur.

– Oui, dit Koula, mais pour réussir en politique, il lui a bien fallu des amitiés, des relations. On ne devient pas de but en blanc secrétaire d'État.

– Il en avait, mais ne les révélait pas. Je pourrais l'expliquer autrement : Aris gérait ses relations suivant la logique de la clandestinité. Moi-même je ne devais pas connaître ses amis et savoir ce dont ils discutaient. Et ses amis ne me connaissaient pas. Maintenant, d'où lui venait cette habitude ? De ses années italiennes ? Je n'en sais rien.

– De quand date le changement dans les universités ? dis-je.

– Quel changement ?

– Le passage des professeurs fidèles à l'université à ceux attirés par la politique.

– Comment dire ? C'était déjà le cas quand j'étais étudiante. Aris n'était pas le seul. D'après les conversations que j'ai entendues, tout a dû changer au milieu des années quatre-vingt. Mais je n'en jurerais pas.

N'ayant pas d'autres questions, je la laisse repartir avec mes remerciements.

– Qu'en penses-tu ? dis-je à Koula une fois seuls.

– De Menekidi ou d'Arkontidis ?

– Commençons par elle.

– Là, c'est simple. Elle s'est laissé séduire par son brillant professeur. Au bout d'un moment elle a compris que ça ne la mènerait à rien et elle a fait comme la plupart des femmes : elle a choisi le retour à la normale au sein d'une autre relation.

– Et Arkontidis ?

– Elle a posé deux questions, justes à mon avis. D'abord, Arkontidis n'a-t-il pas été finalement plus impliqué qu'on ne croit en Italie, n'a-t-il pas vécu dans un genre de clandestinité pour échapper à la police et terminer ses études ? Ensuite, comment aurait-il pu réussir en politique sans amitiés ni relations ? Impossible. Il avait donc des appuis, et les cachait.

– D'accord avec toi sur ces deux points. Donc, il faut contacter la police italienne pour tâcher de mieux connaître l'activité d'Arkontidis en Italie. Le reste est plus difficile. Même si nous découvrons ceux qui l'ont mené jusqu'à son poste de secrétaire d'État, nous ne serons pas allés loin. Il y a eu meurtre et ses amis tiendront leur langue, pour ne pas faire de tort au parti.

Koula regagne son bureau et je dois donner une nouvelle fois raison à Seferoglou. Notre seul espoir d'ouvrir une porte, c'est le passé.

26

L'appel de Dervisoglou m'arrive au moment où je m'apprêtais à partir.

– Il a fallu attendre non pas une heure, mais trois, monsieur le commissaire. Je viens de recevoir le mandat. La responsable m'a demandé jusqu'à quelle date remonter dans les registres.

La responsable a raison, et je ne sais que dire. La réponse de Mme Menekidi est trop vague et je ne sais pas qui pourrait se montrer plus précis. Je ne veux pas déranger Seferoglou, ni donner des explications à Fenekidis. Reste Kardassis. Je me laisse jusqu'à demain matin pour y réfléchir. Je réponds à Dervisoglou :

– Dis-leur que nous verrons demain matin.

Considérant que ma journée de travail est terminée, je rentre à la maison.

Je tourne dans l'avenue Vassilis Sofias quand me vient l'envie de voir Zissis. Quand je suis dans l'embarras, parler avec lui me tranquillise et parfois m'éclaire.

Je descends vers la place Syntagma et rejoins Kypseli par les rues Solonos et Mavromateon.

Zissis n'est pas à son poste près de la porte.

– Lambros est en train de faire la cuisine, monsieur le commissaire, me dit une vieille dame qui m'a reconnu. Vous voulez que je l'appelle ?

Je ne veux pas l'interrompre dans son travail, mais puisque je suis venu, je voudrais au moins le saluer.

– Si possible oui, pour un petit moment. Sinon je repasserai une autre fois.

Zissis arrive aussitôt, avec un tablier de cuistot.

– Tu viens directement du bureau ?

– Oui, cela fait longtemps qu'on ne s'est pas vus.

– Adriani sait que tu allais passer ?

– Non, je la verrai en rentrant.

– Alors appelle-la et dis-lui que tu es là, qu'elle ne t'attende pas.

Je ne comprends pas où il veut en venir et je commence à m'inquiéter.

– Qu'est-ce qui se passe ?

– Ce soir vous êtes mes invités, nous allons fêter mon homonyme.

– Le petit Lambros ?

– Qui d'autre ? Katérina et Phanis donnent mon nom à leur enfant, et moi je ne vous offrirais pas un dîner ? Mais comme ma retraite est proche de zéro, je ne peux pas vous inviter à la taverne. Donc nous allons manger chez moi. C'est-à-dire ici, dans notre asile pour SDF. J'ai déjà prévenu Katérina, Phanis et Adriani.

Je reste sans voix.

– Et tu fais la cuisine toi-même ?

– Ça m'amuse. Appelle Adriani, elle va crier si tu la fais attendre.

Je sors mon portable, tandis que Zissis regagne la cuisine.

– Lambros me rend les communistes sympathiques, dit Adriani toute contente. Celui qui me l'aurait dit avant, je l'aurais pris pour un fou.

– Tu as quelque chose à me dire ? demande Zissis à son retour.

– Oui, mais ce n'est pas pressé. On peut en parler une prochaine fois.

Il se tourne vers la femme qui m'a reçu.

– Anna, s'il te plaît, va dire à Angheliki de surveiller le feuilleté aux herbes, et de m'appeler en cas de besoin.

Puis, s'adressant à moi :

– Je me suis chargé du feuilleté, vous aimez ça, et Angheliki du *stifado*. J'ai demandé aux pensionnaires de me laisser la salle de détente pour ce soir. Il fait beau, ils peuvent aller dehors ou rester dans leurs chambres. Personne n'a protesté. Je te le dis pour que tu ne te sentes pas coupable.

Il me regarde.

– Quelque chose te tracasse ?

Il m'emmène dans la salle de détente. On a dressé au milieu une table pour cinq personnes. Nous nous asseyons à la table d'à côté. Je lui raconte les deux meurtres et l'enquête. J'insiste sur les propos de Seferoglou. Quand j'ai fini, il se met à rire.

– Ce professeur, je veux que tu me le présentes. Il est temps que je rencontre enfin, dans ma vieillesse, un homme de droite lucide.

– Comment sais-tu qu'il est de droite ?

– Tu connais un homme de son âge, fils de militaire, qui ne soit pas de droite ? Comme si tu me disais qu'un type qui a été enfermé à Makronissos et Aï-Stratis n'est pas de gauche.

Puis, songeur :

– Bien sûr, je n'ai pas l'expérience du professeur, moi qui suis passé par les universités populaires, mais je pense qu'il a raison.

– Il y avait des universités populaires dans ta jeunesse ? dis-je, étonné.

– Asyrmato, Dourgouti, Kessariani, Peristeri, Keratsini, tous ces quartiers pour nous étaient nos universités.

Anna lui fait signe d'aller à la cuisine. Il revient bientôt avec le sourire.

– Le repas sera prêt dans dix minutes. J'espère que les tiens ne le laisseront pas refroidir.

– Pourquoi penses-tu que Seferoglou a raison ?

– Ceux qui ont tué ont la nostalgie de l'ancien système conservateur avec ses cloisonnements. En ce temps-là, le professeur était professeur, le politicien politicien et le cordonnier cordonnier. Aujourd'hui le professeur peut devenir ministre, et le footballeur député. Les anciens veulent réinstaller l'ancien système, les plus jeunes sont habitués au leur.

– Donc tu me dis la même chose que Seferoglou. De chercher parmi les anciens professeurs et étudiants.

– Pourquoi eux seulement ? Cela pourrait être n'importe qui. Des membres de l'administration, indignés par le système actuel.

La conversation est interrompue par l'arrivée de Phanis, Katérina et Adriani.

– Lambros, tu m'as privée de la surprise que j'allais faire à Kostas, dit-elle en l'embrassant.

Katérina lui tend un carton de pâtissier.

– Qu'est-ce que c'est ? demande Zissis.

– Le gâteau que nous allons manger en l'honneur de Lambros. Pas de toi, du suivant.

Et elle rit.

Lambros observe son ventre.

– Dis donc, il a grandi ?

– Non, dit Phanis. Elle a pris des rondeurs.

Katérina lui lance un regard noir, il éclate de rire.

Zissis nous fait asseoir et retourne à la cuisine. Il s'inquiète pour le repas. Je jette un coup d'œil au couloir, vide. Les SDF se sont retirés discrètement dans leurs chambres.

– Je suis curieuse de voir ce qu'il nous a préparé, dit Adriani.

– À chacun son vice, commente Katérina.

– La cuisine est un art, pas un vice, rétorque Adriani sévèrement.

Katérina continue de la taquiner.

– Ne dis rien, c'est grâce à moi que tu es invitée.

Elles sont interrompues par Zissis qui apporte le feuilleté aux herbes.

– Je sais que vous aimez ça. Le plat principal arrive.

Phanis a apporté deux bouteilles de vin rouge. Il en ouvre une et remplit les verres. Nous trinquons à la future naissance et mangeons.

– Lambros, j'ai essayé d'en faire un moi aussi, mais je n'y arrive pas comme toi, dit Adriani. Je ne sais quel est le secret de ta recette, que tu me caches, mais ton feuilleté est incomparable.

– Tu fais ta pâte ? demande Zissis.

– Tu es sérieux ? Où vivons-nous ? Au temps de ma mère ?

– Mais moi je fais ma pâte. C'est ça la différence.

Et il se lève pour aller chercher la suite.

C'est la première fois que quelqu'un en remonte à ma femme dans le domaine culinaire.

Zissis revient avec un plat de légumes bouillis.

– Attendez, ce n'est que la salade. J'apporte le plat.

C'est un *stifado* de veau, comme annoncé. Entre-temps, Phanis a ouvert la seconde bouteille. Dès les premiers éloges au *stifado*, Zissis retourne à la cuisine.

Il en revient avec une dame à cheveux blancs, vêtue de noir.

– Je vous présente Mme Angheliki. C'est elle qui a préparé le *stifado*.

Elle accueille nos compliments avec un sourire discret, remercie et se retire.

Quand vient le tour du gâteau, Zissis a une proposition.

– Cela vous ennuie si nous ne mangeons pas le gâteau ? Je voudrais le distribuer demain à mes pensionnaires. Ils nous ont laissé leur salle et ne nous ont pas dérangés.

Nous acceptons à l'unanimité. On reste encore pour finir le vin. Puis Adriani insiste pour aider Zissis à desservir.

C'est là que j'ai l'idée d'interroger ma fille.

– Dis-moi, Katérina. Tu dois le savoir mieux que moi. Quand la situation a-t-elle changé à l'université ?

– De quel changement parles-tu ?

– De cette manie qu'ont les professeurs de quitter l'université pour se lancer dans la politique.

Elle hausse les épaules, signe qu'elle n'en sait rien. Mais Phanis intervient.

– Ils l'ont toujours fait. Des professeurs ministres, nous en avons eu des tas. La différence, c'est que dans le temps les professeurs abandonnaient leur carrière universitaire en embrassant la politique. La situation actuelle, où ils jouent sur les deux tableaux, date des dernières décennies. Pourquoi cette question ? Tu as des ambitions dans ces deux domaines ?

Je lui expose mon problème et il réfléchit.

– Moi, je chercherais parmi les professeurs et les étudiants qui ont vécu la transition vers l'époque actuelle. Ce sont eux qui ne peuvent pas s'adapter.

Phanis n'a pas tort, mais il me semble que Zissis est sur une meilleure piste. Pourquoi exclure le personnel administratif ?

— Comment as-tu trouvé le *stifado* ? dis-je à Adriani sur le chemin du retour.

J'évite soigneusement de faire allusion au feuilleté.

— Délicieux, répond-elle aussitôt. Tu sais quoi ? Quand je vois une femme qui cuisine aussi bien, je comprends d'où elle vient et je suis furieuse de la voir chez les SDF.

Je ne dis rien, car elle a raison. Mais elle ne s'en tient pas là.

— Il faut que je me souvienne des gestes de ma mère.

— Pourquoi ?

Je connais la réponse.

— Pour faire la pâte de mon prochain feuilleté et inviter Lambros. Il ne manquait plus que ça : recevoir des leçons de cuisine d'un communiste !

J'accélère en entrant dans le passage souterrain de l'école militaire, sans rire. Une chose est sûre : Lambros nous a mis de bonne humeur.

27

La voiture est arrêtée dans la rue Dimosthenous, derrière la Sécurité sociale de Halandri, à côté d'une voiture garée. Le conducteur n'a pas eu le temps de faire son créneau, il est tombé mort sur le volant.

Il est neuf heures du matin et nous avons été prévenus à quatre heures. Ayant quitté Zissis à minuit, nous sommes couchés vers une heure. Je suis là devant la voiture de la victime après trois heures de sommeil.

Le conducteur de cette Toyota Corolla s'appelle Stelios Kostopoulos, professeur à l'université de sciences économiques. Il devait être connu dans le quartier, car la personne qui nous a prévenus a donné son nom.

Les informations que nous avons recueillies, après une enquête sommaire dans le voisinage, nous apprennent qu'il a été ministre de l'Économie pendant trois ans. Ayant perdu son poste au dernier remaniement, il y a trois mois, il a retrouvé sa place à l'université.

Il habitait dans la rue Dimosthenous un peu plus bas. J'attends les premières constatations de Stavropoulos pour connaître la cause de la mort. Si c'est une crise cardiaque, nous pouvons présenter nos condoléances à la famille et rentrer chez nous. S'il s'agit d'un acte criminel, tout va de mal en pis. Cela voudrait dire qu'on ne tue pas seulement ceux qui se recyclent dans la politique, mais aussi ceux qui retournent ensuite à l'université.

Stavropoulos sort de la voiture de la victime et vient vers moi.

– J'ai bien peur que tu n'aies affaire à une réplique du premier meurtre.

– Rapsanis ?

– Je ne me rappelle pas son nom. Celui qu'on a tué au parathion. Celui-ci, ce serait plutôt le cyanure.

– À quoi vois-tu ça ?

– Son veston est un peu déchiré sous l'épaule gauche. Comme s'il avait cherché à se libérer de quelque chose. Je lui ai ôté son veston et sa chemise. Il a un peu de sang dans le dos, suite peut-être à une piqûre d'aiguille. Et puis j'ai senti une odeur d'amande. Je ne suis sûr de rien avant l'autopsie, mais c'est très probable.

– On l'a tué à quelle heure ?

– Entre minuit et trois heures. Après l'autopsie je serai plus précis.

Il me laisse pour surveiller l'embarquement de la victime dans l'ambulance. Il attend que Dermitzakis ait terminé l'examen du corps. Puis l'ambulance démarre et il la suit.

Dimitriou et l'un de ses aides étudient la chaussée devant la voiture. Je m'approche.

– Vous avez trouvé quelque chose ?

Dimitriou se relève.

– Il y a des traces de pneus qui montrent que les roues ont tourné à droite et à gauche. Et ces roues sont tournées vers le trottoir. Ce qui est étrange. Si la voiture était en mouvement, elle aurait heurté l'autre voiture. Je ne vois qu'une explication : l'assassin a coupé le moteur avant de descendre. La victime, dans sa panique, a cru

185

que le moteur était allumé et elle a essayé de rouler avant de tomber morte sur son volant.

Si la théorie de Dimitriou est juste, alors les assassins étaient deux. L'un d'eux assis à l'arrière a pratiqué l'injection, l'autre à l'avant a coupé le moteur avant d'abandonner le véhicule.

Un deux-roues a-t-il joué un rôle dans ce meurtre comme dans les précédents, nous ne le saurons jamais. Il aurait quitté les lieux avant l'arrivée du témoin.

– On va envoyer la voiture au garage, mais je ne pense pas qu'on trouvera des empreintes. Ils portaient sûrement des gants.

Je n'ai plus rien à faire ici. Je me dirige avec mes adjoints vers le domicile de Kostopoulos, en ne laissant que Dermitzakis pour continuer ses investigations, mais je n'attends pas de révélations fracassantes. Il faisait nuit, il n'y a pas eu de coup de feu, personne n'aura rien remarqué. Le kiosque à journaux non loin de là était sûrement fermé.

J'ai bien fait de prendre Koula avec moi. Elle pourra m'être utile quand j'interrogerai la femme de Kostopoulos.

Nous montons au quatrième étage et une jeune femme nous ouvre.

– Je suis la sœur de Mona, la femme de Stelios.

Mona Kostopoulou est effondrée sur le canapé du séjour, les yeux fermés. Elle ne remarque même pas notre entrée.

– Mona, c'est la police, lui dit sa sœur. Tu peux leur parler ?

Elle ouvre ses yeux gonflés et nous regarde. Koula s'approche aussitôt.

– Nous ne voulons pas vous importuner. Si vous ne pouvez pas parler, nous reviendrons plus tard. D'ailleurs, le commissaire ne vous posera que les questions indispensables.

– Bon, balbutie-t-elle. Si ce n'est pas long…

– Quand et comment vous a-t-on prévenue de l'événement, madame ?

– Oh mon Dieu… oh mon Dieu… Je dormais, j'ai entendu sonner. J'ai couru à la porte, demandé qui c'était. Une voix a dit : « Il faut que vous descendiez tout de suite dans l'entrée. » J'ai compris qu'il était arrivé quelque chose à Stelios. Mais j'ai pensé à un accident. Je n'aurais jamais pu imaginer que…

Elle se met à sangloter. Sa sœur n'y tient plus et quitte la pièce en courant. Mme Kostopoulou retrouve un peu de sang-froid et poursuit.

– Je l'ai vu couché sur le volant. Les yeux grands ouverts.

Elle se prend la tête à deux mains et soupire. Puis se tourne vers moi.

– Dites-moi, il est mort d'une attaque ou on l'a tué ?

– Nous ne le savons pas encore, mais nous devons envisager toutes les éventualités. Vous vous rappelez à quelle heure on vous a prévenue ?

Elle essaie de se concentrer.

– Je me suis couchée à minuit, mais je ne sais pas combien de temps j'ai dormi.

– Votre mari avait-il l'habitude de rentrer tard ?

– Il avait invité au restaurant deux amis, des professeurs anglais. Il voulait qu'on y aille ensemble, mais j'avais la migraine, et je n'avais pas une envie folle d'entendre des discussions sans fin sur l'économie. Donc il y est allé seul.

Soudain elle se rend compte des conséquences de son refus et se met à crier.

– Si j'étais allée avec lui, rien ne serait arrivé ! Oh mon Dieu, si j'étais allée avec lui…

Elle pleure, son corps vacille. Koula s'efforce de la calmer.

– Comment pouviez-vous savoir, madame ? Et d'ailleurs, s'il s'agit d'un meurtre, les assassins auraient trouvé une autre occasion.

Dès qu'elle s'est un peu remise, je l'interroge à nouveau.

– Savez-vous s'il avait reçu des menaces récemment ?

– Il ne m'a rien dit de pareil. Il n'en a même pas reçu quand il était ministre, alors qu'il a souvent pris des mesures désagréables. Pourquoi maintenant, après coup ?

– Vous avez des enfants ? demande Koula.

– Deux garçons. Yannis étudie les lettres à Yannena et Dimitris fait un troisième cycle à Cambridge.

Nous la laissons à sa sœur et à son chagrin. Ce n'est pas le moment de fouiller le bureau de Kostopoulos dans l'état où se trouve sa femme. On verra plus tard.

En attendant, je demande la clé à la sœur. Elle sort et revient aussitôt.

– Il est fermé à clé. Mona vient de me dire qu'il le fermait toujours.

La rue est déserte. Il ne reste plus que la voiture de Kostopoulos et l'équipe de Dimitriou prête à repartir.

Je leur dis d'attendre une minute et vais voir Dermitzakis.

– Vous avez trouvé des clés sur la victime ?

Il ouvre la boîte où nous rangeons les objets trouvés sur les lieux du crime et me montre un trousseau de clés. La clé du bureau doit être là et nous pourrons fouiller le bureau quand nous voudrons.

Nous sommes sur le point de partir nous aussi, quand j'aperçois sur le trottoir d'en face un quinquagénaire qui suit nos mouvements. Je n'y prête pas attention d'abord, mais en nous voyant monter en voiture le type s'approche de nous.

– J'habite au coin des rues Dimosthenous et Zinonos. En passant j'ai vu une voiture garée par là.

Il nous montre l'emplacement où se trouvait celle de Kostopoulos.

– Mes phares l'ont éclairée et j'ai vu dedans Kostopoulos avec deux femmes.

– Vous rappelez-vous la marque de la voiture ? demande Dermitzakis.

– Une Toyota je crois, mais je ne sais pas quel modèle.

J'interviens :

– Vous connaissiez Kostopoulos ?

Il me lance le genre de regard qu'on réserve aux demeurés.

– Qu'est-ce que vous croyez ? Tout le monde le connaît ici depuis qu'il a été ministre.

– Vers quelle heure êtes-vous passé ? demande Koula.

– Onze heures et demie, je crois.

Je reprends :

– Rien n'a attiré votre attention ?

– Non, rien. Ils étaient dans la voiture et parlaient, je crois.

– Avez-vous vu quel âge avaient ces femmes ?

– Tout ce que je peux vous dire, c'est qu'elles n'étaient pas jeunes.

Nous prenons ses coordonnées et quittons les lieux.

Première remarque : l'assassin n'a peut-être pas coupé le contact, qui devait l'être tandis qu'ils discutaient.

Kostopoulos a dû l'oublier et tenter vainement de démarrer.

Mais le plus important, c'est les deux femmes. Leur présence me ramène à la mort de Rapsanis et au parathion, l'arme des femmes. On ne peut certifier que le crime a été commis par ces femmes, l'assassin a pu monter dans la voiture après leur départ, mais nous tenons là une nouvelle piste.

En attendant, je dois rencontrer les professeurs.

— La première chose à faire en arrivant au bureau, dis-je à Koula, c'est de chercher le nom du recteur de la faculté des sciences économiques.

— Trop facile. Je vous le trouve en une minute.

Le plus difficile, en revanche, sera de retrouver les deux femmes.

Il me vient soudain une idée, une évidence : si les deux femmes n'ont pas commis le crime, il y a de bonnes chances pour qu'elles se présentent à nous d'elles-mêmes. Si elles ne le font pas, la probabilité qu'elles soient coupables augmente.

Je pourrais informer le sous-chef tout de suite, mais j'attendrai d'être au bureau.

28

En entrant dans le couloir de mon bureau je sais ce qui m'attend. Ils sont rassemblés et discutent, mais dès qu'ils me voient les conversations cessent net. J'envoie mes adjoints dans leur bureau avant de me prêter à l'interrogatoire.

– Vous croyez que le meurtre de Stelios Kostopoulos est la suite des deux précédents ? demande Merikas.

– Il est trop tôt pour tirer des conclusions. Il y a des éléments communs, naturellement, même si le troisième meurtre est l'inverse des deux autres : la victime n'a pas quitté l'université, elle y est revenue.

– Est-il vrai qu'il a été empoisonné au cyanure ? demande la petite en collant rose.

– C'est le service médico-légal qui saura vous répondre. Nous n'avons pas encore les résultats de l'autopsie.

– En d'autres termes, dit Merikas, nous n'avons rien de renversant à raconter.

– Excusez-moi, monsieur Merikas, notre objectif n'est pas les nouvelles renversantes, mais l'avancée de l'enquête.

– On progresse ? demande la grande bringue, qui se contentait jusqu'alors de me fusiller du regard.

– Oui, mais nous n'avons rien de sûr à annoncer pour l'instant.

– Rien que des miettes, lance la bringue avec dédain.

Je n'ai guère envie de relever et les regarde partir, songeurs, privés du scoop qu'ils attendaient pour faire monter l'audimat.

Rentré dans mon bureau, j'appelle le sous-chef. Il m'écoute sans m'interrompre, comme d'habitude. Je termine en lui signalant deux questions en attente.

– Lesquelles ?

– D'abord, la possibilité d'un empoisonnement au cyanure, qui nous ferait deux crimes liés au poison. Ensuite et surtout, la déclaration. S'il y en a une, alors le lien entre les trois meurtres sera avéré.

– Tout cela me paraît clair et logique. Je vais informer le chef.

Je m'apprête à faire un saut à la cafétéria, mais Koula me devance. Le recteur s'appelle Theodoros Raptis et elle me donne son numéro. Avant de lui téléphoner je descends prendre mon café et mon croissant. Le café pour m'éclaircir l'esprit, et le croissant en vertu du proverbe « Ours affamé ne peut pas danser ».

J'appelle le recteur à mon retour.

– Je sais pourquoi vous voulez me parler, monsieur le commissaire.

– Je dois vous rencontrer d'urgence, monsieur le recteur, dis-je sans détour. Cette discussion est nécessaire à l'enquête.

– Vous pouvez venir tout de suite. Je vous attends dans mon bureau.

Je prends la Seat. J'arriverais plus vite avec une voiture de patrouille et une sirène, mais je crains les réactions désagréables des étudiants. Heureusement l'avenue Alexandras est dégagée et j'arrive sans tarder.

La secrétaire du recteur m'introduit dans son bureau. Raptis est un chauve dans les cinquante-cinq ans. Assis face au bureau, un barbu du même âge. Le recteur se lève pour me saluer et me présente Nikos Demertzis, vice-recteur.

– Nous sommes tous effondrés, monsieur le commissaire, dit Raptis. Stelios se trouvait de nouveau parmi nous depuis trois mois. C'était un chercheur de première force et un excellent professeur. Son absence a pesé lourd pendant les trois ans où il était ministre.

J'attends la fin de l'éloge funèbre pour passer aux questions.

– Vous a-t-il paru inquiet ces derniers temps ? A-t-il évoqué devant vous ou devant ses collègues des menaces, téléphoniques ou autres ?

– Pas du tout. Il était même tout joyeux d'avoir retrouvé l'université. Il m'a dit un jour : « Me revoilà chez moi. »

– Quelle a été la réaction de ses collègues à son retour ?

Cette fois Raptis ne répond pas, mais se tourne vers Demertzis qui prend le relais :

– Les réactions, ou pour être plus précis, les sentiments étaient mêlés et contradictoires. D'un côté ses collègues se sont réjouis qu'il vienne en renfort. Les universités se trouvent dans un moment très difficile, monsieur le commissaire. Elles manquent terriblement de tout, y compris de personnel enseignant. Son retour nous a soulagés. Mais en même temps un autre sentiment s'exprimait de façon voilée.

– Lequel ?

– L'indignation de voir ce collègue abandonner son poste pendant trois ans, obligeant ses collègues à combler le vide laissé, profiter de son poste ministériel, puis revenir comme si de rien n'était.

– Vous m'avez dit que cette indignation ne s'exprimait pas tout haut.

– On chuchotait seulement.

– Donc vous excluez que le meurtre soit dû à une poussée de haine, à un désir de vengeance venant d'un membre de l'université ?

– Impensable. Que dites-vous là ? s'écrie Raptis.

Je m'efforce de l'apaiser.

– Comprenez-moi. Je suis obligé, malheureusement, de poser des questions désagréables.

– Je l'exclus moi aussi, comme monsieur le recteur, dit Demertzis plus calmement. Mais j'aimerais ajouter autre chose, monsieur le commissaire. J'ai lu les deux déclarations qui ont suivi les meurtres précédents, et je dois vous dire que les auteurs commettent une grande injustice.

– Je ne vous comprends pas, dis-je.

– Les assassins ont dédié leurs crimes à des professeurs du passé, et non à ceux du présent, qui luttent et se sacrifient pour maintenir debout les universités, qui s'épuisent pour ne pas priver les étudiants de cours, tandis que d'autres les laissent tomber pour aller goûter à l'ivresse des grandeurs.

Il s'interrompt, attendant peut-être une réaction de ma part, mais ne connaissant rien au sujet des universités, je n'ai pas d'opinion et me tais.

Demertzis poursuit :

– J'ai de nombreux collègues qui acceptent des postes de professeur invité pour six mois à l'étranger. Vous savez pourquoi ?

– Non.

– Ils veulent souffler un peu dans une université organisée, se calmer, reprendre des forces pour supporter le combat quotidien à leur retour. Quand vous arrêterez les coupables, en plus de la mise en accusation, je vous prierai de leur rappeler la grave injustice qu'ils ont commise à l'égard des professeurs scrupuleux d'aujourd'hui.

– Je le leur dirai. C'est promis.

Je les salue et passe dans le bureau de la secrétaire avec l'intention de m'en aller, mais celle-ci n'est pas de cet avis.

– Mme Loukakou a appris que vous étiez là et elle a quelque chose à vous dire.

Et elle me montre une femme assise en face d'elle.

– Je vous écoute, dis-je à la dame.

– Il y a quelques jours, vers midi, j'ai reçu un appel. Une femme m'a demandé si le professeur Kostopoulos avait réintégré l'université et s'il avait repris ses cours. J'ai répondu que oui. Elle m'a dit qu'elle voulait lui proposer de diriger sa thèse et avait besoin de son programme d'enseignement. Cela m'a paru bizarre : les étudiants de troisième cycle entrent en contact avec les professeurs directement, aux heures de réception, sans passer par le secrétariat. D'ailleurs de nombreux étudiants connaissent déjà le professeur en question.

– Vous vous souvenez précisément de la date de l'appel ?

– Il y a trois jours, je pense. Il y avait une réunion au rectorat ce jour-là et nous préparions un dossier pour monsieur le recteur.

– Était-ce la voix d'une jeune femme ou d'une femme âgée ?

– Une voix plutôt jeune, mais je ne suis sûre de rien.

– Vous pouvez me donner le numéro du téléphone d'où est parti l'appel ? Vous avez bien fait de m'informer, lui dis-je en le notant. Un autre n'aurait sans doute pas fait l'effort.

Je monte dans la Seat et mets de l'ordre dans mes pensées. Demertzis a confirmé sans le vouloir une impression de ces derniers jours. Si les auteurs mentionnent d'anciens professeurs, ce n'est pas que ceux d'aujourd'hui les indiffèrent, mais qu'ils les ignorent. Ils ne connaissent pas directement la situation actuelle des universités. Ce qui renforce l'idée qu'il faut chercher dans le passé.

La deuxième information précieuse, c'est l'appel en question. D'abord, cette voix de femme concorde avec la présence des deux femmes dans la voiture. On n'a sûrement pas téléphoné pour savoir si Kostopoulos était revenu, tout le monde était au courant, mais pour avoir les horaires de ses cours, afin de le surveiller puis d'agir au bon moment.

Je mets un frein à mes pensées, car je bute sur une question. Si l'on en croit le témoin, les deux femmes dans la voiture n'étaient pas jeunes, contrairement à la voix entendue par la secrétaire. Là, quelque chose ne colle pas.

Soudain je me souviens de la fille casquée à vélomoteur qui a livré le gâteau chez Rapsanis. C'est peut-être elle qui a téléphoné.

Rentré à mon bureau, j'appelle Dervisoglou.

– On va commencer en 1980. Cherche d'abord dans le personnel enseignant. Avec les étudiants, on aurait du mal. Passe ensuite au personnel administratif.

Dervisoglou vient de partir quand Stavropoulos m'appelle pour me confirmer l'hypothèse du cyanure.

– On l'a injecté dans le dos et il est passé directement dans le cœur.

J'appelle le sous-chef pour l'informer. Satisfait, il ajoute :

– Le chef a informé le ministre, lequel n'a pas semblé trop inquiet. Du moment qu'on n'a pas tué un ministre en exercice, mais un professeur, il considère que le crime est sans rapport avec les précédents.

– Peut-être, mais les indices se multiplient.

– Je sais.

Et il raccroche.

Je transmets le numéro de téléphone à Dimitriou, mais je n'espère pas de miracle. L'inconnue a sûrement appelé depuis une cabine.

Nous n'avons plus qu'à attendre la déclaration. On va voir si le ministre garde son flegme en la lisant.

29

La déclaration est apparue le même soir aux infos.

Le professeur Stelios Kostopoulos, ancien ministre de l'Économie, est mort. Nous ne châtions pas seulement ceux qui ont quitté l'université pour devenir ministres, mais ceux qui considèrent l'université comme leur propriété, où ils peuvent revenir après leurs vacances passées dans un ministère. C'était le cas de Stelios Kostopoulos. L'université n'est pas un domicile permanent, ce n'est pas non plus un moulin où l'on entre et dont on sort à volonté. Sa mort est dédiée à la mémoire du professeur Xénophon Zolotas. Il a servi la science à l'université Aristote de Thessalonique, puis à l'université Capodistria d'Athènes, par son œuvre scientifique d'une grande richesse. Il a acquis une renommée internationale. Chassé par la dictature militaire en 1968, il n'est pas revenu. Louange à sa mémoire.

En lisant la déclaration, j'ai imaginé la tête du ministre. D'un autre côté, je n'étais pas joyeux, moi non plus. J'aurais préféré que mes prévisions ne se réalisent pas, et qu'il s'agisse d'un meurtre banal.

Dès la fin de la déclaration, le sous-chef m'a appelé.

– Vos craintes sont confirmées, m'a-t-il dit, comme s'il lisait dans mes pensées.

– Oui, mais je n'en suis ni fier ni fou de joie.

– Personne parmi nous ne l'est, le ministre en tête. Il s'est réveillé brutalement et nous convoque demain matin à dix heures.

Adriani, assise à côté de moi, a commenté :

– Tassia doit être devant sa télé, toute contente de cette nouvelle histoire policière.

Je n'ai pas répondu, le moindre de mes soucis, à ce moment-là, étant Tassia et les deux autres Grâces.

Mais Adriani était en veine de confession :

– Je respecte ton métier, mais je déteste les cadavres et je ne veux avoir aucun contact avec eux.

– D'accord, je comprends, mais pourquoi les détester à ce point ?

– Toi, tu t'y intéresses d'un point de vue professionnel, mais moi ils me dépriment, ils me font penser aux enterrements.

Il est maintenant neuf heures et demie du matin et je me dirige vers l'avenue Mesoyion. Je râle à cause des embouteillages, dans la rue Mihalakopoulou les voitures n'avancent pas, tandis que les deux-roues qui se faufilent nous tapent sur les nerfs.

Je ne veux surtout pas être en retard à la réunion et me faire remonter les bretelles par le ministre. Je suis au bord de la crise de nerfs quand Dimitriou appelle.

– On a trouvé un cheveu de femme sur le siège du passager à l'avant. On l'a tout de suite envoyé au labo, mais je n'ai pas encore les résultats.

Voilà qui confirme nos observations. L'analyse nous révélera sûrement l'âge de la femme.

J'arrive au ministère avec cinq minutes de retard. Dans la salle de réunion le trio est là. Je m'excuse de mon retard et le ministre me dit :

– Nous attendons anxieusement les nouvelles, monsieur le commissaire.

Je fais un rapport complet, sans rien omettre. Le chef conclut :

– Monsieur le commissaire, je suis passé par de nombreux services de la police avant d'arriver à ce poste. Mais je ne suis jamais passé par la Brigade criminelle et je remercie le Très-Haut de m'en avoir préservé.

Tout le monde rit, sauf le ministre qui paraît plutôt prêt à pleurer.

Mon portable sonne. C'est Dimitriou.

– Monsieur le commissaire, le cheveu est celui d'une femme de soixante ans.

Je transmets la nouvelle à mes supérieurs.

– C'est déjà quelque chose, dit le ministre. Un petit pas en avant.

Si Adriani l'entendait, elle citerait le proverbe : Le noyé se raccroche à ses cheveux.

Une autre idée me vient, que je laisse pour l'instant afin d'y réfléchir une fois seul.

La réunion se termine, le ministre a meilleur moral. Le chef reste avec lui pour discuter d'autres sujets, tandis que le sous-chef et moi prenons congé.

– Guikas avait raison, me dit le sous-chef une fois dans le couloir.

– En quoi ?

– Il m'a dit, avant son départ, que vous êtes lucide et méthodique, et il n'avait pas tort.

Tu es sur le point de m'appeler la Fouine, toi aussi, me dis-je, mais je repars flatté par le compliment. Et j'ai au moins l'impression d'avoir entrouvert une porte.

Dans la Seat je reviens à la pensée qui m'a traversé l'esprit. Si la femme dans la voiture avait la soixantaine, alors nous avons affaire à des professeurs en activité. Quant au personnel administratif, même chose. Seferoglou s'est trompé et je charge Dervisoglou d'une enquête qui ne donnera rien. Cela dit nous ne perdons rien à chercher, on trouvera peut-être une information intéressante.

Sur mon bureau m'attend la liste d'appels des portables de Rapsanis et Arkontidis. Selon le rapport, presque tous s'adressaient à des collaborateurs au ministère ou à des collègues. Rien de suspect à examiner.

Je réunis mes adjoints pour réfléchir ensemble. Nous sommes à peine assis lorsque j'entends dans le couloir le vacarme familier de la meute des journalistes.

– Va leur dire que pour l'instant je n'ai rien à annoncer, dis-je à Koula. Qu'ils reviennent demain matin.

Le vacarme se change en protestations, puis s'atténue et nous retrouvons le calme.

– Nous n'avons aucun renseignement précis, ni sur les deux femmes dans la voiture ni sur celle qui a téléphoné. Autant chercher une aiguille dans une botte de foin. Vous voulez mon avis ?

– Pourquoi t'ai-je fait venir, Dermitzakis ? Pour réciter la table de multiplication ?

– Les auteurs ne viennent pas de l'université. Si c'était le cas, nous aurions trouvé un indice. Mais là, rien.

– Alors où doit-on chercher ? demande Koula. Dans les ministères, puisqu'ils étaient tous ministres ?

– Non. Du côté du terrorisme, répond Dermitzakis.

Et il se tourne vers moi.

– Nous avons affaire à des terroristes, monsieur le commissaire. Ils tuent pour semer la terreur dans le système. Le système, c'est la politique, mais aussi les universités, qui nourrissent le système. Repassez l'affaire à Karabetsos. Ce n'est pas notre boulot.

– Nous avons étudié puis écarté cette hypothèse, rappelle-toi, lui dit Askalidis.

– C'est que nous avons du terrorisme une vision étroite. Aujourd'hui, tout le monde est terroriste, depuis les casseurs jusqu'à Daech et les divers islamistes qui tuent en Europe. Le terrorisme est devenu une mode, comme les tatouages que les filles et les garçons s'impriment sur le corps.

Il me regarde.

– Nous en sommes restés au terrorisme tel que nous le connaissons en Grèce, monsieur le commissaire. Mais le terrorisme a changé. Il ne se limite pas aux kalachnikovs et aux bombes, il part de ce vice : terroriser son voisin. Comment a-t-on tué Arkontidis ? Au couteau. Regardez autour de vous, tous ces islamistes qui vous sautent dessus avec un couteau.

Silence. Il nous laisse songeurs. Il s'en rend compte et on le sent tout fier.

– Ce que tu dis là se tient, lui dis-je, il faut y réfléchir sérieusement. Je propose qu'on épuise d'abord toutes les pistes universitaires, et qu'on se tourne ensuite vers le terrorisme. Si bien que le chef ne pourra pas râler, et le ministre non plus.

– Si la piste terroriste se précise, dit Koula, le ministre va pavoiser.

J'envoie Koula chez la femme de Kostopoulos lui demander si elle sait qui pourraient être les deux femmes. Dermitzakis et Askalidis vont retourner rue Dimosthenous pour poursuivre l'enquête et parler surtout aux travailleurs du matin : les employés de la Sécu et le kiosquier.

Je demande à Dermitzakis avant qu'il ne s'en aille :

– Pourquoi tu ne te fais pas muter à l'Antiterrorisme ? D'après ce que j'ai entendu, tu y serais plus à ta place.

Il réfléchit un instant.

– À quoi bon ? Je suis bien intégré dans l'équipe et je n'ai pas envie d'une autre période de réadaptation.

Dès qu'ils sont partis, je téléphone au vice-recteur Demertzis. Je l'informe quant à l'appel anonyme et aux deux femmes dans la voiture. Puis, pour terminer :

– Je voudrais vous demander une faveur.

– Dites-moi.

– Je voudrais que vous organisiez une rencontre avec le personnel administratif de l'université. Je veux savoir s'il y a eu d'autres tentatives de communication auxquelles le personnel n'aurait pas prêté attention, ce qui serait normal d'ailleurs.

Il réfléchit.

– Laissez-moi un peu de temps, que je voie où et quand je peux organiser la rencontre.

Ce ne sera pas la seule, me dis-je. Il va falloir interroger aussi le personnel des ministères de Rapsanis et Arkontidis. Ce qui sera plus difficile, car il nous faut l'accord du ministre.

30

Demertzis tardant à rappeler, je suis sur des charbons ardents. Heureusement, le retour de mes collaborateurs m'occupe un peu, même si la récolte est maigre.

Koula revient la première, les mains vides. Mona Kostopoulou ne savait rien de la vie de son mari, de ses relations, de ses contacts, à l'université comme au ministère.

– Tu as l'impression qu'elle cachait quelque chose ?

– Non. Son explication était tout à fait convaincante. Elle est avocate, elle dirige un cabinet d'avocats et travaille toute la journée. Le matin elle court les tribunaux et l'après-midi elle voit ses clients jusque très tard. Elle retrouvait son mari le soir et ils parlaient essentiellement de leurs enfants, qui ont été élevés par les parents du couple. Ils n'évoquaient presque jamais leurs occupations professionnelles.

La vie de Mona Kostopoulou ressemble à celle de Katérina, donc ce qu'elle a dit à Koula me paraît très vraisemblable. Je sais de même que Lambros sera élevé par Adriani, puisque les parents de Phanis habitent Volos.

Dermitzakis et Askalidis, eux, me décrivent une foule de gens de tous sexes et de tous âges entrant et sortant de la Sécu.

– Que faire, monsieur le commissaire ? dit Dermitzakis. Si on allait les interroger, ils nous regarderaient comme des extraterrestres. Comment distinguer deux femmes ordinaires dans cette marée humaine ?

– Le kiosquier nous a dit la même chose, remarque Askalidis. Il était sidéré. Il a dit : « Qu'est-ce que vous me demandez là ? Des milliers de gens passent par ici toute la journée. Comment voulez-vous que je les repère, ces deux femmes ? » On lui a demandé si quelqu'un l'avait questionné sur l'adresse de Kostopoulos, mais il ne se souvient pas.

Bien sûr. De toute façon les deux inconnues connaissaient sûrement son adresse. Le malheur, c'est que nous n'avons pas la moindre photo d'elles à montrer.

Demertzis m'appelle finalement vers midi.

– La rencontre est prévue pour trois heures et demie. Elle se tiendra dans l'amphithéâtre, pour qu'ils soient là tous ensemble.

– Puis-je vous demander d'être présent vous aussi ? Cela facilitera les choses, car vous les connaissez.

– J'y serai, soyez tranquille. Ce sera la première fois que j'assisterai à un interrogatoire, et cela m'intéresse.

Je consulte ma montre : midi et demi. Je ne sais trop quoi faire en attendant et soudain je me rends compte que nous n'avons pas cherché à savoir si les deux femmes sont entrées en contact avec Rapsanis.

Concernant Arkontidis, l'enquête sera plus difficile : si cet homme secret les a rencontrées, ç'a été en dehors de l'université.

Je me demande qui contacter à la fac de droit et je choisis Kardassis. Je l'appelle et par chance il est disponible. Je le charge de prévenir Fenekidis pour qu'il assiste à la réunion, s'il est libre.

Je pars aussitôt, car après le droit je dois passer aux sciences économiques. Je prends l'avenue Vassilissis Sofias pour aller plus vite, mais la rue Solonos est bouchée et je me maudis de ne pas avoir choisi la rue Panepistimiou. Je laisse la Seat au garage de la rue Asklipiou et entre dans la fac de droit.

Kardassis m'attend dans son bureau en compagnie de Fenekidis.

– J'espère qu'il s'agit d'un motif sérieux, dit ce dernier, car j'ai reporté mon cours pour être parmi vous.

Je les mets au courant de l'existence des deux femmes.

– Même si elles ne sont pas coupables, il est très important pour nous de les repérer et de les interroger. Elles ont été les dernières à voir Kostopoulos vivant et elles ont pu remarquer quelque chose d'utile à l'enquête. Nous voulons aussi savoir si elles sont entrées en contact avec Klearkos Rapsanis. Vous a-t-il jamais parlé de femmes qui l'auraient approché, en dehors de ses collègues enseignantes ?

Ils se regardent. Ils ne se souviennent de rien.

Je les informe de l'appel d'une inconnue à propos d'un master avec Kostopoulos.

Tous deux rient en même temps.

– Vous avez bien compris que le master n'était qu'un prétexte, monsieur le commissaire.

– D'accord, mais pouvez-vous m'expliquer un peu le processus ?

– La plupart des étudiants font un troisième cycle dans l'université où ils se trouvaient déjà, me répond Fenekidis. Ceux qui souhaitent le faire dans une autre viennent rencontrer dans son bureau le professeur de leur choix aux heures où il reçoit. S'il n'est pas là, ils demandent un rendez-vous au secrétariat. Dans les deux cas ils viennent à l'heure fixée. Est-il possible que cette fille ne l'ait pas su ?

Ce qui confirme que l'inconnue ne voulait pas faire un master, mais se renseigner sur les horaires de Kostopoulos.

— Rapsanis avait d'excellentes relations avec le secrétariat, poursuit Fenekidis. Il prenait souvent le café ou déjeunait avec les uns et les autres. Cela lui permettait d'apprendre avant tout le monde les nouvelles qui l'intéressaient.

— Mais en admettant que Kostopoulos avait des relations amicales avec le secrétariat de son université, complète Kardassis, et que les deux dames appartenaient à ce secrétariat, il y a peu de chances pour qu'elles aient connu Rapsanis, qui enseignait ailleurs.

Voilà qui ne m'aura pas appris grand-chose.

J'ai tout le temps jusqu'à la réunion à la faculté des sciences économiques. Je reprends la Seat au garage et me dirige vers la rue Patission.

Demertzis est à son bureau. Il m'emmène à l'amphithéâtre. Les employés du secrétariat discutent, assis aux places des étudiants. À notre arrivée les conversations cessent. Demertzis me fait monter sur l'estrade, s'installe à côté de moi et prend le micro pour me présenter.

— Monsieur le commissaire voudrait vous poser quelques questions relatives à la disparition tragique du professeur Kostopoulos. Nous voulons tous que soient arrêtés les auteurs de ce meurtre et des deux autres. Voilà pourquoi nous vous demandons votre collaboration.

Il me passe le micro. J'ai vu de tout pendant mes années de service, mais un interrogatoire avec un micro, c'est la première fois. Dès mon premier mot, il se met à siffler. Demertzis guide ma main pour m'indiquer la bonne distance. Je me lance en m'efforçant d'une part de maîtriser ma peur du micro, et d'autre part de ne pas oublier mes questions.

– Hier, lors de ma visite à monsieur le recteur, une de vos collègues m'a appris qu'une inconnue lui avait demandé par téléphone les horaires de M. Kostopoulos. Certains d'entre vous ont-ils reçu des appels de ce genre ?

Ils échangent des regards, certains haussent les épaules. Un quadragénaire se lève.

– Je me souviens seulement qu'il y a une semaine quelqu'un a appelé pour demander l'adresse du professeur. Il voulait lui envoyer des livres. Je lui ai donné l'adresse en lui disant qu'il pouvait aussi bien envoyer le paquet à l'université.

– C'était une voix d'homme ou de femme ?

– D'homme.

– Et ces livres sont arrivés à l'université ?

– Comment savoir ? dit un type dans les soixante ans. Nous recevons chaque jour tant de livres, comment repérer ceux de cette personne ?

Une jeune femme se lève.

– Moi aussi, j'ai reçu un drôle d'appel. De quelqu'un qui m'a dit que la Mitsubishi de M. Kostopoulos était mal garée et bloquait le passage. J'ai dit que le professeur avait une Toyota Corolla, et la personne s'est excusée.

– C'était un homme ?

– Oui.

– Vous vous souvenez quand c'est arrivé ?

– Il y a une semaine à peu près.

Pas d'autres interventions. Je remercie tout le monde et m'apprête à prendre congé de Demertzis, lorsqu'il m'invite à le suivre dans son bureau.

– J'aimerais connaître vos conclusions, si vous voulez bien.

– C'est simple. Ils savaient que Rapsanis était boulimique et ils lui ont envoyé le gâteau. Ils savaient qu'Arkontidis faisait du jogging et ils lui ont tendu un piège. Pour Kostopoulos, ils ne savaient rien et ils ont tout appris en téléphonant. Reste à savoir s'ils connaissaient déjà les adresses des deux autres ou s'ils les ont obtenues de la même façon. En tout cas la discussion a été fructueuse et je vous remercie.

Je rentre au service, convoque mes troupes et les informe.

– Qu'en pensez-vous ?

– Les assassins manquent d'expérience et ils ont peur, commente Dermitzakis. Ils ont un deux-roues, ils auraient pu filer leurs victimes. Ils ne l'ont pas fait, craignant d'être repérés. Le téléphone, c'était plus sûr.

– Tu as raison, dis-je. Askalidis, tu iras demain matin au secrétariat de la fac de droit puis à celui de la fac de lettres pour voir s'il y a eu là-bas des appels.

Je les libère, appelle le sous-chef, fais mon rapport et ce sera tout pour aujourd'hui. Je rentre à la maison.

31

Adriani est assise devant la télévision, toute pomponnée.

– Tu rentres de visite ?

– Non. Nous allons dîner.

– Qui nous invite ? Lambros encore ?

– Non, Tassia. Elle voulait nous avoir chez elle, mais
comme elle se sent mauvaise cuisinière, elle a préféré
le restaurant.

Ces sorties le soir commencent à me taper sur les
nerfs. Je suis épuisé par cette journée angoissante et
mon incapacité à résoudre le problème. Quitter la paix
du foyer pour aller manger dehors m'apparaît comme
un calvaire.

– Tu ne peux pas y aller toute seule ? Tu dirais à
Tassia que je suis en réunion avec le ministre, je ne sais
pas jusqu'à quelle heure.

– Elle va me répondre qu'on t'attendra. Et ce sera
pire : plus tard tu viendras, plus le repas va durer.

Je ne pourrai pas y échapper.

– Où allons-nous ?

Elle rit.

– Tu as de la chance. Chez Karavitis, à Pagrati. C'est
tout près.

Je respire. En effet, c'est tout près. Je n'aurai pas à traverser Athènes, crevé comme je suis.

Nous prenons la Seat. Pagrati est mon quartier, je le connais comme ma poche et nous sommes vite rendus.

— Tu vois, c'était facile, dit Adriani. Il n'y avait pas de quoi en faire un plat. Tu as un plan dans la tête ! Dire que tu n'as jamais travaillé dans la police de la circulation…

Tel est le compliment d'Adriani, exprimé d'habitude sur le mode de la plainte ou de la réprimande.

Nous sommes les premiers. On nous assied à une table pour cinq et Adriani me raconte ses conversations téléphoniques avec Katérina. Elle l'appelle tous les jours pour prendre des nouvelles de la grossesse. J'imagine ce que Katérina va me dire quand nous nous verrons. La sollicitude maternelle, j'en suis sûr, lui tape sur les nerfs.

Tassia se pointe la première, suivie de Kalliopi et Aryiro cinq minutes plus tard. Nous exécutons le rituel des embrassades et nous asseyons.

— Excusez-moi de ne pas vous avoir invités chez moi, dit Tassia, mais je suis nulle en cuisine.

— Tu as d'autres qualités, ma chérie, répond Kalliopi.

Nous laissons Tassia choisir les entrées. Adriani et moi prenons des steaks, Kalliopi et Tassia des côtes de veau et Aryiro du foie. Les femmes boiront du vin et moi de la bière. Fatigué comme je suis, le vin me ferait dormir dans mon assiette.

Le premier sujet, naturellement, c'est la grossesse de ma fille. Adriani en donne un compte rendu détaillé parfaitement superflu, tout pouvant se résumer ainsi : tout va bien. On peut juste ajouter : touchons du bois. Ne te plains pas, me dis-je. Tu passes la moitié de la journée à informer le sous-chef, le chef et le ministre, tant mieux si ta femme te relaie et que tu endosses le rôle de l'auditeur.

Mais dès la fin des hors-d'œuvre, ce que je craignais arrive.

– Alors, lance Tassia, vous avez un nouveau meurtre sur le dos ?

– Si nous ne repérons pas les tueurs, dis-je, nous risquons fort d'en avoir un quatrième.

– Mais qu'est-ce qui leur prend ? Pourquoi faire ça ? Ils sont fous ?

– Si tu as lu les déclarations, tu dois savoir pourquoi. Je ne dirais pas qu'ils sont fous. Injustes, peut-être.

– Pourquoi injustes ? demande Kalliopi.

Je leur expose le point de vue de Demertzis.

– Le vice-recteur estime que les meurtres devraient être dédiés aux professeurs qui se battent aujourd'hui pour maintenir l'université debout, et non à des représentants de la vieille garde.

– En fait, il n'a pas tort, remarque Tassia.

– Ça, c'est un détail, intervient Aryiro. La question, c'est comment retrouver les coupables.

Je leur parle du coup de fil et des deux femmes.

– Dommage que le type ne les ait pas prises en photo avec son portable. Avec ça, vous leur mettriez la main dessus.

– Chaque passant ne sort pas son portable pour photographier les passagers d'une voiture, dis-je. Sauf l'un de ces jeunes qui marchent le portable à la main comme si c'était un parapluie.

C'est là qu'Adriani intervient.

– Ma viande est excellente. Cuite juste à point. Et les vôtres ?

Je comprends que notre conversation l'énerve et qu'elle cherche à y mettre fin.

– Ma côte de veau est délicieuse, dit Kalliopi.

Aryiro est la seule à se plaindre d'un foie de veau trop cuit.

La conversation s'éloigne des meurtres pour se concentrer sur le déménagement de Katérina.

– Moi aussi, dit Tassia, mon fils déménage et je dois aller l'aider.

– Ne te plains pas, ça te fait un voyage en Angleterre, la taquine Kalliopi.

– Oui, mais au lieu de visiter je vais déballer des cartons pleins de livres.

Tandis que nous montons en voiture pour rentrer chez nous, Adriani me demande :

– Ça ne serait pas mieux de suspendre nos sorties avec elles, le temps que se termine cette histoire de meurtres ?

– Pourquoi ? Tu es ravie à chacune de nos rencontres.

– Je le suis toujours, mais je ne supporte pas, quand arrive un plat savoureux, d'avoir l'appétit coupé par des conversations macabres. Tu sais ce que disait ma mère ? Charogne en ton jardin, charognards dès demain.

– Ce qui veut dire ?

– La charogne, c'est tes cadavres, et les charognards, ce sont ces trois-là, qui se pressent autour de toi pour satisfaire leur manie.

Je ris et elle me regarde de travers.

– Bon, lui dis-je sérieusement, la prochaine fois tu leur diras que j'en ai jusqu'à minuit et que tu veux m'attendre avec un repas chaud. Je te l'ai proposé aujourd'hui, mais tu as refusé.

– Tu as raison, j'ai été bête.

C'est l'une des rares fois où elle reconnaît que j'ai raison.

32

Ils sont exacts à leur rendez-vous, comme toujours. En entrant dans le couloir, au matin, je les vois qui m'attendent.

– Vous nous avez envoyés balader hier, monsieur le commissaire, dit la petite au collant rose.

– Non. Il fallait simplement tirer au clair certains points et interroger certains témoins. Aujourd'hui je peux mieux vous informer. Je vous confirme, par exemple, que la mort de Stelios Kostopoulos est due à une injection de cyanure.

– Elle a eu lieu dans sa voiture ? s'étonne Merikas.

Je vais plus loin en leur parlant des deux femmes et de l'appel anonyme au secrétariat, mais je ne dis rien de l'interrogatoire collectif.

– En d'autres termes, vous voilà dans le pétrin, monsieur le commissaire, dit la grande bringue, très sérieuse pour la première fois.

– Je suis d'accord avec vous. C'est une affaire très difficile.

Et je le dis tout aussi sérieusement.

Les journalistes se retirent, mais la grande bringue ne bouge pas.

– Je peux vous retenir un moment, monsieur le commissaire ? dit-elle dans le couloir vide.

Eh bien, j'ai trouvé une remplaçante à Sotiropoulos. La journaliste qu'il détestait le plus prend sa place et demande une information pour elle seule, comme lui.

Je la fais entrer dans mon bureau. Elle attend poliment debout que je l'invite à s'asseoir. Je ne dis rien, c'est à elle de parler.

— Avant tout je veux vous prier de m'excuser pour ma conduite, monsieur le commissaire. Je sais que je suis souvent désagréable. Je n'ai rien contre vous. C'est mon métier qui veut ça.

— Excusez ma question : pourquoi l'avez-vous choisi ?

— Je ne l'ai pas choisi, il m'a été imposé par les circonstances. Enfin, je ne suis pas venue pour vous raconter ma vie. Je voulais vous dire autre chose.

— Je vous écoute.

— J'ai lu les trois déclarations plusieurs fois avec la plus grande attention. Ce qui m'a impressionnée, ce sont les dédicaces aux trois professeurs défunts. J'ai étudié l'histoire à Athènes, puis en Angleterre. Lire ces déclarations m'a rappelé quelque chose de ces années-là que j'avais oublié.

— Dites-moi.

— Le grand respect pour les grands professeurs ne venait pas de leurs collègues. Ceux-là vivaient avec eux au quotidien, collaboraient ou se disputaient, formaient des alliances contre d'autres, le respect n'avait pas sa place dans tout ça.

— Alors où était-il ? Chez les étudiants ?

— Les étudiants estimaient les bons professeurs et ceux qui s'intéressaient vraiment à eux. Inversement, ils détestaient ceux qui les ennuyaient ou se fichaient d'eux. Le respect venait de certains membres de l'administration. Plusieurs d'entre eux, en Grèce et en Angleterre, considéraient certains professeurs comme des dieux. Lorsque l'un d'entre eux daignait leur parler, c'était pour eux comme le plus beau des cadeaux. Voilà ce que je voulais vous dire.

– Vous avez bien fait et je vous remercie. Je peux vous dire que personne jusqu'ici, dans l'université ou en dehors, n'avait fait cette remarque.

– Quand on vit dans l'université au quotidien, ce genre de détails nous échappe. On s'en souvient après coup.

Elle se lève et me tend la main.

– Je m'appelle Areti Steryiou. J'espère que vous ne m'en voulez pas pour mon comportement.

– Je ne vous en veux pas du tout. Au contraire, je vous suis reconnaissant de nous avoir ouvert une piste.

Elle m'offre son premier beau sourire et prend congé.

La question maintenant est de savoir comment repérer, dans le personnel administratif de toutes ces universités, ceux qui vénéraient certains professeurs du passé.

Mais attention : les professeurs en question ont terminé leur carrière dans les années soixante. Les employés de l'époque doivent avoir entre quatre-vingts et quatre-vingt-dix ans. On les voit mal commettre pareils crimes. Je continue de me sentir perdu dans le désert.

Ma porte s'ouvre brutalement, c'est Askalidis.

– Monsieur le commissaire, il y a une manif dans le centre.

– Et alors ? On dirait que c'est la première fois. On boucle le centre-ville tous les deux jours pour une centaine de manifestants.

– Cette fois ils sont cinq fois plus.

– Très bien, mais dis-moi en quoi ça m'intéresse.

216

– C'est organisé par les syndicats étudiants. Ils protestent contre le meurtre des trois professeurs.

– Ça se passe où ?

– Aux Propylées. On a fermé les rues Panepistimiou et Akadimias.

– Tu as bien fait de me prévenir. Appelle une voiture et on va jeter un coup d'œil.

Peu m'importent la taille de la manifestation et les discours. Je veux me faire une idée de l'ambiance dominante et peut-être repérer, ne serait-ce qu'à distance, une personne utile à l'enquête.

Nous laissons la voiture au barrage policier rue Panepistimiou et poursuivons à pied.

Tout en approchant je me demande si cela valait la peine de venir. Le nombre de manifestants correspond aux estimations d'Askalidis : environ cinq cents. Ils ont déployé des banderoles, un jeune monté sur les marches parle sans qu'on l'entende, sa voix couverte par les slogans des mégaphones. Les passants le regardent et passent, indifférents.

Je commence à maudire l'idée que j'ai eue, lorsque j'entends une voix.

– Bonjour, monsieur le commissaire.

C'est un petit gros en costume-cravate, chauve, qui me sourit.

– Vous ne me connaissez pas, mais moi je vous ai vu l'autre jour à la réunion des personnels de l'université. Je m'appelle Kleon Roupakidis et suis professeur émérite à la faculté des sciences économiques. Ce jour-là j'avais un séminaire là-bas, j'ai terminé plus tôt que prévu et suis resté par curiosité.

Mon humeur change brusquement, car si cet homme m'apprend quelque chose je n'aurai peut-être pas perdu ma journée.

– Vous savez, je suis familier des manifestations, poursuit l'homme. Je ne dirai pas que je suis engagé politiquement, mais étant libéré de mes occupations professionnelles, les journées sont longues. Les manifestations me distraient.

– Vous les trouvez tellement intéressantes ? dis-je, étonné.

– J'ai fait un pari avec moi-même. J'essaie de découvrir une manifestation qui ne sera pas une protestation, qui ne défendra pas des avantages acquis, mais qui aura un caractère constructif.

– C'est-à-dire ?

– Par exemple, une manifestation contre l'état lamentable des universités. Une manifestation proposant des solutions aux énormes problèmes de l'enseignement secondaire. Une manifestation, enfin, qui ne se limitera pas à des revendications. Du temps de mes études on manifestait pour changer le système, supprimer l'État policier, renforcer la démocratie… Aujourd'hui on manifeste pour que rien ne change. Donc j'observe et j'attends toujours, en vain, le rassemblement qui aura pour but un changement.

Sans me laisser le temps de répondre éclate un bruit assourdissant, et l'on voit déboucher des rues Ippokratous et Akadimias des jeunes au visage masqué qui hurlent et lancent des pierres.

La manifestation se disperse aussitôt, les manifestants cherchent un refuge. Les uns courent vers la rue Sina pour s'abriter dans la fac de droit, les autres détalent vers la place Syntagma.

– Ceux qu'on appelle les casseurs, dit Roupakidis, sont les seuls à ne pas avoir d'avantages à défendre. Seulement ils ne veulent pas changer les choses, mais détruire.

Un commissaire en uniforme s'approche de nous.

– Tu ferais bien de t'éloigner avec le monsieur, collègue. Ici ce sera bientôt El Alamein.

– Vous auriez le temps de prendre un café à Syntagma ? dis-je à Roupakidis. Ensuite on vous raccompagnera en voiture.

– D'accord. Mais vous me laisserez seulement à la station Evanghelismos. De là je prendrai le métro jusqu'à Pallini où j'habite. Je l'aurais bien pris à Syntagma, mais on a dû fermer la station.

La voiture nous emmène vers Evanghelismos et nous nous posons dans un café du parc. Je présente Askalidis à Roupakidis et nous passons aux questions.

– Que pensez-vous des meurtres de vos trois collègues ?

– Je vous l'ai dit. Nous ne voulons pas le changement, c'est pourquoi nous en venons à la catastrophe.

– Que voulez-vous dire ?

– Qu'est-ce qui empêche les universités, étant autonomes et autogérées, de changer les règles, de telle sorte que les professeurs, une fois devenus ministres, ne puissent pas réintégrer l'université ensuite ? Attention : je ne parle pas de congé sabbatique ou de tâches administratives. Je parle des activités qui exigent qu'on abandonne le travail universitaire pour une période indéfinie. Si l'on décidait d'un tel changement, aucun professeur ne sacrifierait sa carrière universitaire pour devenir ministre.

– Vous pensez que c'est possible ? demande Askalidis, qui l'a écouté attentivement.

– Non, mon jeune ami. C'est facile en théorie, et pratiquement irréalisable, hélas. Les jeux auxquels on se livre au sein de l'université ne le permettent pas. Car beaucoup de ceux qui condamnent leurs collègues passés ministres ne verraient aucune objection à les imiter si on le leur proposait. Donc, la grande majorité ne consentirait pas à ce que change le règlement. D'où la catastrophe : mes trois collègues assassinés.

– Oui, mais je ne comprends pas tout. Certains ne sont pas d'accord, sûrement. Pourquoi ne vont-ils jamais protester publiquement ?

– S'agissant des manifestations pour défendre les droits acquis, des casseurs, des universités, nous avons subi une très grave déformation, monsieur le commissaire.

– Laquelle ?

– Pour nous, l'anormal est devenu normal.

Je commence à mieux comprendre ce que m'a dit la journaliste ce matin. Quand on entend Seferoglou ou Roupakidis, impossible de ne pas être suspendu à leurs lèvres, et de ne pas leur tirer notre chapeau.

– Ce matin on m'a dit quelque chose d'intéressant sans doute pour l'enquête, et je voudrais votre avis.

Je lui résume l'hypothèse de la journaliste.

Roupakidis rit pour la première fois.

– Félicitez cette journaliste ! Quand j'étais étudiant, j'ai vu cela de près. Mes professeurs me considéraient du haut de leur chaire et de leurs connaissances. Ils me rappelaient sans cesse la distance qui nous séparait. Je ne vous dirai pas que cela me plaisait, c'était le contraire. Pourtant, chaque éloge venant d'eux était comme un cadeau du ciel. Imaginez donc la joie d'un employé administratif quand un professeur descendait jusqu'à lui pour échanger quelques mots.

Il sourit.

– Il se peut que le plus court chemin entre deux points soit une droite, monsieur le commissaire, mais le chemin le plus court vers le respect, c'est toujours la distance.

C'est là que s'achève la leçon du professeur émérite au commissaire et à son adjoint. Roupakidis se lève et nous salue.

– Dès que nous serons rentrés, dis-je à Askalidis, demande à Dervisoglou de venir. Je vous veux tous dans mon bureau.

Dans la voiture je bénis ma chance d'aujourd'hui. La journaliste et le professeur m'ont ouvert les yeux et offert une nouvelle piste pour l'enquête.

33

Tous assis autour de moi, ils écoutent le récit de mes deux rencontres. Lequel est suivi d'un long silence.

– Eh bien ? C'est tout ce que vous en pensez ?

– Que voulez-vous, monsieur le commissaire ? dit Koula. Je suis la plus ancienne de l'équipe, après Dermitzakis, mais je n'ai jamais vu un casse-tête pareil.

– Si vous voulez mon avis, dit Dermitzakis, cette histoire de personnel administratif ne tient pas debout. Les employés d'aujourd'hui sont arrivés après la retraite des professeurs mentionnés dans la déclaration, et ceux qui les ont connus ont dans les quatre-vingt-dix ans. Sans compter ce que vous a dit le professeur.

– Quoi ?

– Les avantages acquis, monsieur le commissaire. Pourquoi les autres fonctionnaires ne pensent qu'à leurs avantages tandis que ceux de l'administration veulent sauver l'université ? Ils sont fonctionnaires eux aussi, ils ont les mêmes angoisses, mais là c'est leur intérêt.

– Ce que tu dis là me paraît logique. Quel est ton avis ?

– Il y a deux probabilités, monsieur le commissaire. La première, c'est qu'il s'agisse d'anciens étudiants, de l'époque où ces professeurs enseignaient. Aujourd'hui ils doivent avoir dans les soixante-dix ans. L'usage du poison ne devrait pas leur poser de problème. Le meurtre d'Arkontidis est plus compliqué, naturellement. L'autre probabilité, plus forte à mon avis, c'est que les coupables soient des professeurs actuels, qui ont connu les anciens pendant leurs études.

– Excuse-moi, intervient Dervisoglou, mais je crois que toutes nos théories sont tirées par les cheveux.

– Pourquoi ? dis-je.

– Nous avons dit que les auteurs sont des gens instruits, non ?

Nous en sommes tous d'accord.

– Les trois professeurs mentionnés dans les déclarations ont laissé une œuvre scientifique importante. Qui nous dit que certains des auteurs n'ont pas lu leurs livres et ne les admirent pas ?

Nous n'avons rien à répondre. Ce raisonnement est tout à fait convaincant. Nous voyant silencieux, Dervisoglou continue.

– Le professeur vous a parlé de respect, monsieur le commissaire. Moi je crois que ces dédicaces ont été dictées par l'admiration.

– Et tu proposes de faire quoi ? demande Dermitzakis.

– Ce n'est pas à moi de proposer. Je vais vous dire autre chose. Depuis deux jours j'épluche les listes du personnel administratif de la fac de droit. J'ai vu défiler des foules de noms, masculins et féminins. Comment repérer dans ce foutoir les noms qui nous intéressent ? Qui interroger ? Après le droit, je passerai aux lettres et aux sciences économiques et retrouverai le même chaos. Excusez-moi, vous avez beaucoup plus d'expérience que moi, mais je crois que nous cherchons une aiguille dans une botte de foin.

– Photis a raison, dis-je à mes adjoints. Nous cherchons au petit bonheur en espérant gagner à la loterie.

– Et si on essayait ailleurs ? demande Koula.

Dermitzakis la regarde, étonné.

– Où ça ?

– Sur Internet et les réseaux sociaux. Là aussi c'est le chaos, mais on y trouve des commentaires, des discussions, des documents…

– C'est juste. De toute façon, on avance au hasard. Je vais dire tout de suite à Vellidis de chercher. Toi, Dervisoglou, continue de feuilleter les registres, même si ça te tape sur les nerfs.

Je les renvoie dans leur bureau et vais voir Vellidis. Il parle avec un de ses collaborateurs, qu'il renvoie pour me recevoir.

– À voir ton air, dit-il, je devine que c'est urgent.

Je lui résume la situation.

– Tu ne me facilites pas la tâche, conclut-il. Tu peux me dire où chercher en priorité ? Sinon, c'est la pagaille.

– Tu pourrais commencer par le personnel des universités : professeurs, étudiants, administration.

– D'accord, mais je dois te prévenir. Sur les réseaux sociaux, le pseudonyme est pratiquement la règle. Beaucoup de ceux que nous cherchons doivent en avoir un, surtout sur Facebook.

– D'accord, mais vous pouvez trouver le nom qui se cache derrière.

– D'habitude on peut. Il faut être drôlement malin pour nous échapper.

Je rentre dans mon bureau lorsque mon portable sonne. C'est Guikas.

– Tu as le temps de discuter un peu avec ton ancien supérieur ? Je ne te demande pas de me rendre visite. Retrouvons-nous dans un café du coin.

Je ne sais s'il a quelque chose de précis à me dire ou si c'est la nostalgie qui le ronge. Mais je n'ai rien d'urgent à faire et je lui donne rendez-vous au bout de l'avenue Alexandras.

Je le retrouve en terrasse devant un café grec. Il me serre la main et pose son autre main sur mon épaule.

– Merci d'être venu, Kostas. Tu ne sais pas ce que c'est de vivre loin du bureau qui était ma vie, de rester à la maison en comptant les heures.

– Et la pêche ?

– On est fin septembre et il y a du vent. La pêche dans ces conditions, ce n'est pas pour les débutants. Nous avons passé une semaine dans notre maison de campagne, mais les soirées sont froides, trop pour ma femme, et nous sommes rentrés.

Il s'arrête, le temps que le garçon note ma commande, puis reprend.

– Mais je n'ai pas souhaité te voir seulement pour me plaindre. J'ai quelque chose d'agréable à te dire. Kapsidis m'a appelé.

– Le sous-chef ?

– Oui. Il m'a dit que j'avais eu un excellent subordonné à mes côtés toutes ces années. Et que tu as deux grandes qualités : lucidité, expérience.

Il rit.

– Et moi je lui ai dit que je ne t'aurais pas gardé tant d'années pour que tu n'en fasses qu'à ta tête et que je doive ensuite réparer les pots cassés.

– Je vous remercie. Je suis content, mais je ne pense pas mériter tant d'éloges.

– Laisse tomber la modestie. Je te connais et tu me connais.

– Sur notre nouvelle affaire, nous n'avançons pas. Si on n'a pas affaire à des génies de l'assassinat, alors quelque chose nous échappe.

Je lui résume les événements, en partie dans l'espoir de saisir, à force de répéter la même histoire, un détail que je n'aurais pas vu, en partie parce que je sais qu'il sera heureux de l'entendre, comme avant.

Il m'écoute avec la même attention que naguère.

– C'est vraiment une sombre histoire. Mais je crois, mon cher Kostas, que tu as négligé un détail.

– Quoi donc ?

– Tu as oublié que les femmes, avant la crise, prenaient leur retraite à cinquante ans, et à quarante-cinq avec des enfants mineurs. C'était ainsi dans les banques et la fonction publique.

Je me donnerais des baffes. Comment ai-je pu ne pas y penser ?

– Vous voyez ? Finalement, je ne suis pas un aigle.

– Allons donc. Il y a toujours quelque chose qui nous échappe. C'est pour cela qu'on collabore. Avec des retraités parfois.

Il rit.

Nous devisons encore quelques instants, le temps que s'achève la plainte du retraité.

De retour au service je reste obsédé par ma bêtise. Pour me consoler, je me dis que les éloges du sous-chef confirment non seulement que j'ai ouvert une brèche, mais que j'ai mis un taquet dans la porte.

34

Katérina nous a invités chez elle à dîner. C'est l'une des rares fois où ma fille consent à se déplacer dans la cuisine. Jusqu'à présent le ménage était à la charge de Phanis, qui rentre plus tôt lorsqu'il n'est pas de garde, à moins qu'ils ne s'y mettent ensemble le week-end. Quant aux repas, Phanis déjeune à l'hôpital, Katérina grignote à son bureau et ils dînent le soir sur le pouce, sauf si Adriani leur a passé un Tupperware.

– En tant que future maman, m'a dit ma fille au téléphone, je dois m'accoutumer à faire la cuisine et autant commencer tout de suite.

– Pas d'héroïsme. Ta mère va cuisiner pour toi, tu le sais.

– D'accord, ça compense.

– Ça compense quoi ?

– Le fait qu'elle me pompe l'air. Rapport complet deux fois par jour, si j'ai vu le gynécologue, si je me modère dans mon travail, ce que je mange, ce que je bois. Elle me pompe l'air avec la grossesse, demain ce sera avec l'enfant. Alors un bon petit plat de temps en temps, ça compense.

J'ai ri, sachant qu'elle n'exagère pas. Pour calmer son angoisse, Adriani ne connaît que deux moyens : vous mettre la pression ou faire la cuisine.

Je m'apprête à regagner mes pénates quand Adriani m'appelle.

– Ne passe pas me prendre. Je suis avec Tassia, Aryiro et Kalliopi et j'irai directement chez Katérina.

Voilà qui m'arrange : je rejoindrai Neo Psyhiko sans devoir passer par Pagrati.

J'arrive le premier, Phanis m'ouvre.

– Katérina est dans la cuisine avec Mania, m'annonce-t-il. Elle cuisine et Mania lui apporte un soutien psychologique.

Uli est dans le séjour avec un verre de vin. Nous nous saluons et je passe dans la cuisine pour embrasser ma fille. Je ne l'ai pas revue depuis la soirée au refuge et je constate que son ventre s'arrondit.

– Les coups de pied ont commencé ?

– Papa, tu sais que j'aime regarder le foot, mais je n'ai pas l'intention d'avoir un fils footballeur.

Je retourne au séjour.

– Katérina m'a dit que vous étiez sur une affaire difficile, me dit Uli.

Je n'ai jamais compris pourquoi, lors de nos rencontres, on ne demande pas à Phanis de raconter ses patients, à Katérina de commenter ses dossiers, alors que je dois fournir en histoires policières les trois Grâces et Uli. Mais j'ai beaucoup de sympathie pour lui et ne veux pas éviter le sujet.

– Toutes les affaires sont difficiles, Uli. Seulement cette fois nous sommes en terrain inconnu.

– Uli, dit Mania qui vient d'entrer dans le séjour, pourquoi tu obliges le commissaire à parler de meurtres, alors que tu dois annoncer une bonne nouvelle ?

– Quelle bonne nouvelle ? demande Phanis.

Uli hésite un instant.

– J'ai trouvé un excellent boulot : organiser le réseau Internet d'une société allemande pour tous les Balkans.

Phanis et moi, d'une seule voix :

– Bravo, Uli ! Félicitations.

– Nous étions en Allemagne avec des amis d'Uli, explique Mania. Parmi eux il y avait un couple, des amis d'amis. L'homme est chef d'entreprise. Quand il a su ce que fait Uli en Grèce, il lui a proposé ce poste et la confirmaïon est venue aujourd'hui.

Les bravos sont interrompus d'un coup par la sonnette. C'est Zissis, qui comme d'habitude apporte sa contribution.

– Écoute, oncle Lambros, dit Phanis, qui l'appelle désormais ainsi comme Katérina. Tu offriras ton prochain cadeau à la naissance de ton homonyme. Jusque-là, plus rien.

– Tu perds ton temps, lui dis-je. Tu auras beau dire, il continuera. Zissis et son petit paquet, c'est comme mars en carême.

– Ce n'est rien d'extraordinaire, se défend Zissis. Quelques truffes pour le dessert.

Katérina sort de la cuisine.

– Mais où est maman ?

– Avec ses copines. Elle arrive.

– Je comprends, dit-elle en me clignant de l'œil.

Puis elle fait la bise à Zissis et regagne la cuisine.

Zissis nous raconte l'incroyable histoire d'un Grec du Canada qui a déboulé dans le refuge ce matin. Ayant perdu la trace de sa sœur depuis la mort de leurs parents, il est venu pour la chercher et l'emmener là-bas.

– Mais Aglaïa, la sœur, n'a pas voulu, dit Zissis. Elle a répondu : « Yannis, si tu veux me prendre un billet aller-retour pour que je puisse connaître ta femme et mes neveux, je viendrai volontiers. Et si tu peux me donner quelques sous pour m'aider à vivre un peu mieux, je t'en serai reconnaissante. Mais le refuge, c'est mon chez-moi. Je suis trop vieille pour commencer une nouvelle vie au Canada. »

– Laisser passer une telle occasion ? s'étonne Mania. J'admire son courage.

– Quel âge a-t-elle ? demande Phanis.

– Je ne sais pas au juste, dit Zissis. Plus de soixante-dix ans.

– Qu'est-ce que tu crois ? dit Phanis à Mania. Aller au Canada sans savoir ni l'anglais ni le français ? Ce serait faire vœu de silence. Elle ne pourrait même pas parler avec ses neveux. À côté d'une vie pareille, le refuge, c'est le paradis.

L'arrivée d'Adriani les interrompt.

– La future maman d'abord, déclare-t-elle.

Et elle passe dans la cuisine sans saluer personne, puis réapparaît avec un large sourire.

– On voit bien son ventre maintenant !

Mais l'anxiété la reprend.

– Elle n'a jamais fait la cuisine pour nous. Et c'est une fois enceinte qu'elle va se fatiguer !

– Aucun danger, répond Phanis. Au contraire, ça lui fait du bien de bouger.

– Si j'ai bien compris, Phanis, rétorque-t-elle, tu es cardiologue et non gynécologue.

– Oui, mais son gynécologue est un ami proche depuis la fac et je le consulte.

Voilà qui est sans réplique.

– Je regrette de ne pas t'avoir connue plus tôt, Adriani, dit Zissis.

– Moi c'est pareil, Lambros, mais pourquoi ?

– Tu aurais été une secrétaire idéale pour le parti. Tu aurais imposé une discipline de fer.

– Moi, les partis, je n'y connais rien, mon cher Lambros. Tout ce que je connais, c'est la discipline de la pauvreté.

Zissis se lève et la serre contre lui.

– Après tant d'années au parti, c'est la première fois que j'entends ça.

Les effusions s'arrêtent là, car Katérina et Mania font leur entrée avec les plats.

– Tout le monde à table ! s'écrie Katérina.

Nous nous asseyons, examinons le soufflé aux épinards et le porc aux asperges avec curiosité, mais moi je guette la réaction d'Adriani devant les talents culinaires de sa fille.

– C'est Mania qui a fait la salade, dit Katérina.

Nous formons des vœux pour le petit-fils à venir, souhaitons bonne chance à Uli et attaquons le soufflé, prudemment d'abord, puis goulûment.

– Katérina, s'écrie Mania, c'est une merveille.

Tout le monde l'approuve, sauf Adriani.

Je l'observe du coin de l'œil. Elle mange calmement, sans se presser, analysant chaque bouchée.

– Eh bien, qu'est-ce que tu en penses ? lui demande Katérina.

Adriani s'arrête.

– Où as-tu appris ? En tout cas ça ne vient pas de moi. Quand je cuisinais, tu quittais la cuisine.

Ne pas dire à sa fille que c'est bon, mais lui demander où elle a appris, telle est sa façon de complimenter.

– Maman, réveille-toi. Des livres de recettes, il y en a des tas.

– Adriani, dit Phanis, si tu savais combien de soufflés j'ai mangés avant qu'elle soit sûre de son coup…

Le porc aux asperges est une seconde surprise. Jusqu'alors j'étais fier de ma fille avocate, à présent je tire mon chapeau au cordon-bleu. Tout le monde est ravi, sauf Adriani qui de nouveau n'ouvre pas la bouche. Je commence à m'inquiéter, lorsqu'elle cesse de manger et demande à sa fille :

– Tu me donneras la recette ?

Katérina reste d'abord sans voix, puis s'écrie :

– Ça, mes amis, c'est la preuve que je sais cuisiner !

– Ma petite fille, qu'est-ce que je peux dire ? Dans le village où j'ai grandi, la sage-femme mettait les filles au monde et elles apprenaient la cuisine avec leurs mères. Aujourd'hui on a des médecins et des infirmières et les filles apprennent la cuisine dans les livres. Le monde évolue, mais pour moi c'est trop tard pour changer.

Katérina court embrasser sa mère.

– D'accord, dit celle-ci, c'est très bon, mais ne te monte pas la tête. Tu as encore beaucoup à apprendre.

– Telle mère, telle fille, conclut Zissis.

C'est la première fois qu'Adriani se livre ainsi à sa fille, et qui plus est en public. Voilà ce qu'un enfant est capable de faire, me dis-je. Le petit Lambros va tous nous faire danser, et la grand-mère mènera la danse.

Le reste de la soirée passe agréablement, on plaisante, on rit. Phanis nous sert un alcool italien, de la *grappa*, pour accompagner les truffes de Zissis.

Nous partons après minuit et reconduisons Zissis au refuge. Les rues sont vides et nous sommes à Kypseli en un rien de temps. Puis je prends la rue Patission vers Pagrati *via* Syntagma. Je taquine Adriani, étant de bonne humeur.

– Vous avez lu l'avenir ?

– Toujours le mot gentil. J'y suis allée pour les voir, pas pour ça. Mais puisqu'on a bu le café, on a jeté un coup d'œil au marc.

– Et qu'est-ce qu'il a dit ?

– Que le chemin de Lambros serait bien droit. Puis Tassia a plaisanté.

– À propos de l'enfant ?

– Non. Elle a dit à Kalliopi de lire ton avenir à toi, au cas où ça t'aiderait à trouver les assassins des professeurs. Kalliopi n'a rien dit, mais Tassia a continué : « Il en apprendrait bien plus par vous, puisque autrefois vous avez travaillé à l'université. »

Je freine brutalement.

– Travaillé où ?

– À l'université. Mais il y a très longtemps.

Je m'arrête le long du trottoir.

– Tu le savais ?

– Comment aurais-je pu ? Nous les avons connues retraitées.

– Qu'est-ce qu'elles ont répondu ?

– Kalliopi a dit : « Mais ça se perd dans la nuit des temps ! On ne peut rien lui apprendre, au commissaire, nous les antiquités ! » Et on s'est arrêtées là.

Je repars.

– Tu es fou, mon pauvre ? s'exclame Adriani. Tu veux nous tuer avant qu'on ait embrassé notre petit-fils ?

35

Je n'ai pas fermé l'œil de la nuit. Adriani râlait sans arrêt, car je bougeais tout le temps et la réveillais.

Je suis maintenant au bureau et me creuse la cervelle. Et si ce n'était qu'une coïncidence diabolique ? Nous avons rencontré par hasard deux vieilles filles et une veuve. Pourquoi auraient-elles dû nous dévoiler leur passé professionnel ou leurs titres universitaires ? Étudier à l'université n'a rien d'exceptionnel, des millions de jeunes Grecs l'ont fait. Il suffisait qu'elles se disent retraitées.

Là se pose la première question. Pourquoi, après les meurtres, alors que nous cherchions désespérément une piste, n'ont-elles pas révélé leur passé universitaire ? Bon, mettons qu'elles n'y aient pas pensé.

Mais nous en venons à une deuxième question, plus décisive. Pourquoi toutes nos rencontres avec les trois Grâces ont-elles coïncidé avec un meurtre ? Aryiro nous a reçus après celui de Rapsanis, nous nous sommes vus chez nous après celui d'Arkontidis, et Tassia nous a invités après celui de Kostopoulos. Et à chaque fois on m'a interrogé sur l'enquête. Coïncidence ? Je ne peux l'exclure, mais sans être totalement convaincu, cela fait beaucoup.

Dans le doute, il serait bon d'étudier la question. Mais je ne sais par où commencer. Je ne connais même pas leurs noms de famille. Je pourrais évidemment appeler l'auberge à Papingo, mais la patronne risquerait d'en informer ces dames, or je veux rester discret : si je me trompe, je n'ai pas fini d'entendre Adriani, dont j'aurai soupçonné les amies.

Une autre solution serait de demander à Adriani de les inviter chez nous et de les interroger mine de rien, mais je repousse l'idée aussitôt. Je ne ferai qu'éveiller les soupçons et elles se méfieront.

Soudain une idée me vient et j'appelle Askalidis. Je lui donne l'adresse d'Aryiro et le charge de trouver son nom sur les sonnettes de l'immeuble. Quand il est parti, j'appelle Dervisoglou.

— Ne cherche pas au hasard. Occupe-toi d'abord des femmes prénommées Aryiro et Kalliopi.

Puis je fais venir Dermitzakis et Koula et les informe. Koula se met à rire aux éclats.

— Tu la trouves drôle, toi, cette histoire ? dis-je, agacé.

— Monsieur le commissaire, après les terroristes, les professeurs et Internet, on s'attaque aux sonnettes.

Dermitzakis va pour l'imiter, mais elle redevient sérieuse brusquement.

— Pouvez-vous me décrire les trois femmes ?

Je le fais.

— Si vous permettez, j'irai planquer devant l'immeuble d'Aryiro et dès que je vois l'une d'elles, je la suis et je l'aborde. Au point où nous en sommes, on ne sait jamais.

Elle n'a pas tort. Je la laisse aller. De toute façon, à ce stade, je suis mon instinct plutôt que les éléments dont je dispose.

J'ai à peine terminé qu'Askalidis revient.

– Elle s'appelle Aryiro Terzidi.

Je pensais appeler Dervisoglou, mais non, ne perdons pas de temps. Je vais demander à Fenekidis ou Kardassis s'il connaît une certaine Aryiro Terzidi. Je commence par le plus vieux des deux, Kardassis.

– Il a cours, monsieur le commissaire, me dit-on au secrétariat. Il sera disponible dans une heure.

En attendant j'appelle Vellidis et lui demande de chercher une certaine Aryiro Terzidi sur Facebook et Twitter.

– Une suspecte ?

– Je ne sais pas encore. Je cherche.

Je m'apprête à appeler Dervisoglou, mais suis arrêté par une question à laquelle seule Mme Menekidi peut répondre. Je passe dans le bureau de mes adjoints et demande à Dermitzakis de me retrouver le dossier de celle-ci. Il me l'apporte aussitôt, je note son téléphone et en parcourant la suite je constate que les professeurs mentionnés lors des deux premiers meurtres, Theodorakopoulos et Zoras, ont enseigné tous deux en lettres.

Pendant une heure je suis sur des charbons ardents. Enfin j'arrive à joindre Kardassis.

– Désolé de vous déranger, monsieur le professeur. Vous souvenez-vous d'une étudiante appelée Aryiro Terzidi ?

Il réfléchit.

– Non, cela ne me dit rien. Mais j'ai eu tellement d'étudiants que je ne peux pas me souvenir de tous les noms.

– C'était peut-être une employée de l'administration. Mais elle n'a sans doute pas pris sa retraite récemment.

– Non, je n'ai jamais entendu ce nom.

Rien d'étonnant au fond. C'est plutôt à la faculté des lettres qu'il faut chercher. Je redirige Dervisoglou sur elle et lui envoie Askalidis pour accélérer le mouvement.

Je m'aperçois soudain que j'ai oublié d'informer le sous-chef. Je l'appelle aussitôt, satisfait pour une fois, sachant qu'il se réjouira de nous voir faire un pas en avant.

En effet, il me félicite.

– Ne me complimentez pas encore. D'abord, tout est venu par hasard, et ensuite, nous n'avons pas encore trouvé la trace des coupables.

– Je crois que nous devons tout de même informer le chef.

– Dans ce cas pouvons-nous le faire tout de suite ? Lorsque nous aurons d'autres éléments, je ne sais si j'aurai le temps de délaisser l'enquête.

– Très bien, venez, je vous attends.

Je prends la Seat et pars vers la rue Katehaki. C'est la première fois que je fais ce trajet de bonne humeur. Je sais que la mienne sera communicative : même si nous n'avons pas de résultats tangibles, une petite lueur d'espoir s'est allumée.

Il est midi et la circulation se fait plus intense. Je mets une demi-heure, mais sans angoisse. La réunion a été décidée au dernier moment, sans heure précise.

Le sous-chef et moi trouvons le chef dans son bureau en train de faire les cent pas. Il nous mène à la table de réunion et nous nous asseyons à sa droite et à sa gauche.

– Que comptez-vous faire ? me demande-t-il après mon rapport.

– Il faut s'assurer que ces dames ont bel et bien appartenu au personnel de l'université. Si c'est le cas, leur implication dans les meurtres devient plus probable.

– J'ai deux questions. D'abord, qu'est-ce qui vous fait les soupçonner à ce point ? Après tout, ce ne serait pas un crime de vous cacher leur lien avec l'université.

– Elles ont fait pire. Elles se sont débrouillées pour me rencontrer après chaque meurtre et glaner des informations sur l'enquête. S'il s'avère qu'elles ont travaillé à l'université, comment expliquer qu'elles ne me l'aient pas seulement caché, mais qu'elles ne m'aient pas signalé certaines personnes susceptibles de nous aider ?

– Bien. Deuxième question : vous qui les connaissez, les jugez-vous capables de commettre un meurtre ?

– Les meurtres qui nous donnent le plus de mal sont ceux dont les auteurs paraissent insoupçonnables. De plus, les deux meurtres par empoisonnement pourraient fort bien être l'œuvre de femmes. Et dans le cas d'Arkontidis, ne l'oublions pas, deux hommes sont impliqués, que nous n'avons pu repérer encore.

– Vous m'avez convaincu, me dit le chef. Je crois que nous pouvons informer le ministre.

– Puis-je vous demander une faveur ?

– Bien sûr.

– Attendons un peu. J'aimerais clore l'enquête préalable. Si mes soupçons ne sont pas confirmés, il sera déçu.

Le sous-chef me soutient, nous nous mettons d'accord et je reprends le chemin du bureau.

36

Je bois ma première gorgée de café lorsque Koula déboule avec un sourire éclatant.

– Kalliopi s'appelle Zafiratou, m'annonce-t-elle. Et elle habite 11 rue Fokidos, à Ambelokipi.

– Bravo, Koula. Comment as-tu fait ?

– J'ai eu doublement de la chance. J'attendais devant l'immeuble de Terzidi quand elle est sortie au bout d'une heure. Je l'ai suivie et j'ai pris le même trolley. Elle est descendue à Ambelokipi, est entrée dans un immeuble rue Fokidos et il ne me restait plus qu'à consulter les sonnettes. Il n'y avait qu'une seule Kalliopi.

On dirait que la chance commence à nous sourire.

Je ne peux résister à la tentation de penser, même si c'est un peu excessif, que la rencontre entre Aryiro et Kalliopi est liée à la conversation d'hier soir et au dévoilement de leur vie professionnelle passée. Une conversation qui semble innocenter Tassia : si elle était dans le coup, elle n'aurait pas abordé le sujet.

J'appelle d'abord Vellidis pour lui transmettre le nom de Kalliopi, puis j'ai de nouveau recours à Kardassis, en vain : le nom Kalliopi Zafiratou ne lui dit rien.

Soudain je pense à Kleon Roupakidis. Il a évoqué un séminaire à la faculté des sciences économiques, donc c'est là qu'il a dû enseigner. J'avais mis les sciences économiques au second plan, mais une tentative ne coûte rien.

Koula me trouve le numéro de Roupakidis en deux minutes et j'appelle. C'est lui-même qui répond.

– Monsieur le commissaire, dit-il joyeusement, est-ce là une bonne ou une mauvaise surprise ?

– Ni l'une ni l'autre. Je cherche un renseignement. Le nom Kalliopi Zafiratou vous dit quelque chose ?

– Kalliopi ! s'écrie-t-il. C'était un pilier de notre secrétariat !

Un silence. Puis il me demande, soudain contracté :

– Est-ce lié aux meurtres ?

– Non, j'appelle dans le cadre de l'enquête, mais j'aimerais qu'on se voie pour en parler, si possible.

– Aux retraités, rien d'impossible, dit-il en riant. Vous pouvez venir tout de suite.

J'emmènerais bien Askalidis, mais je l'ai envoyé seconder Dervisoglou. Après tout, c'est peut-être mieux ainsi, Roupakidis parlera plus librement en tête à tête. Je demande une voiture de patrouille pour aller vite.

Avant de partir je charge Dimitriou d'envoyer un de ses hommes photographier deux femmes.

– C'est ce que j'imagine ?

– Je ne sais pas encore. Je veux simplement vérifier quelque chose. Je t'envoie Koula Volari de mon service, elle connaît ces femmes.

J'annonce à Koula sa nouvelle mission.

– On va encore poireauter, proteste-t-elle en riant.

La circulation est chargée, mais la sirène aidant nous gagnons Pallini en trente minutes.

La villa de Roupakidis est entourée d'un grand jardin bien entretenu. Tandis que je le traverse, la porte s'ouvre sur son propriétaire.

– Vous avez un très beau jardin, lui dis-je.

– La consolation du retraité. J'ai trois heures d'occupation quotidienne assurées.

– D'autres vont à la pêche, comme mon ancien supérieur.

– Lui et moi sommes les otages des conditions atmosphériques. Le vent l'empêche de pêcher, moi c'est la pluie qui me gêne.

Je le suis dans la maison. Il me mène dans un vaste séjour, avec des meubles anciens, des miroirs, une console. Il me montre un fauteuil et s'assoit en face de moi sur le canapé. Il me propose un café que je refuse.

– Eh bien, lance-t-il, que se passe-t-il avec Zafiratou ?

– Rien pour l'instant. Dans le cadre de l'enquête, nous explorons toutes les pistes, c'est tout. Parmi celles-ci, il y a le personnel administratif d'aujourd'hui et d'hier, et nous avons trouvé le nom de Mme Zafiratou dans la liste.

– Elle dirigeait le secrétariat. À la fois ultracompétente et très disponible, chose rare. En cas de problème, nous avions tous recours à elle. Lors de notre première conversation, nous avons parlé du respect de l'administration à l'égard des professeurs du passé. Je peux vous dire que dans le cas de Kalliopi le respect était mutuel. Et maintenant, puis-je vous demander pourquoi vous pensez à elle ?

– Il ne s'agit pas d'elle en particulier. Nous ne pouvons pas interroger tout le monde, alors nous cherchons à déterminer quelles personnes pourront le mieux nous aider.

Il semble convaincu.

– Elle peut vous dire beaucoup de choses. Cela vaut la peine de lui parler.

– Vous vous rappelez quand elle a pris sa retraite ?

Il cherche à se souvenir.

– Assez récemment je crois. Sauf erreur, elle a été l'une des dernières à profiter de la retraite à cinquante ans. J'ai pris la mienne juste après.

– Une dernière question. Quelle était sa relation avec les jeunes professeurs ?

– Je dirais, polie. Parfaitement aimable toujours, mais sans sympathie excessive. Elle avait un faible pour les anciens dans mon genre.

Et il rit.

– Je vous remercie, monsieur le professeur. Vous m'avez donné des informations précieuses.

– Vous voyez ? Les rencontres de hasard peuvent s'avérer fructueuses.

Il se lève avec moi et me raccompagne jusqu'à la grille.

Précieuses en effet, ces informations. J'ai surtout appris que Kalliopi a menti : elle n'a pas pris sa retraite « dans la nuit des temps », mais il y a une dizaine d'années.

À mon retour, une nouvelle surprise m'attend. Dervisoglou et Askalidis font irruption dans mon bureau, avec des sourires qui rivalisent avec celui de Koula.

– Nous l'avons trouvée, monsieur le commissaire ! annonce fièrement Dervisoglou.

Il sort un carnet et lit :

– Dirigeait le secrétariat de l'unité de psychologie. Retraite en 2005.

– Bravo, les enfants !

Et ils s'en vont tout fiers.

Toutes deux ont donc dirigé un secrétariat. Tassia étant hors de cause, est-ce nécessaire de poursuivre les recherches en droit ?

J'appelle le sous-chef, qui ne cache pas sa joie.

– On ne fait pas qu'avancer, on accélère ! Vous ne croyez pas qu'il faudrait informer aussi le chef ?

– Oui, mais je vous prierai de le faire vous-même. Je ne veux pas quitter mon bureau, j'attends les photos.

Il est d'accord.

Bientôt Koula m'appelle.

– On a Kalliopi et on guette Aryiro.

Inutile de rester devant mon téléphone, je rentre à la maison. D'ailleurs, je suis sûr d'avoir du nouveau là-bas aussi, puisque hier soir j'ai interrompu la conversation en voiture, pour ne pas gâcher l'ambiance après le dîner, et que je suis reparti ce matin en trombe.

Adriani est dans la cuisine en train de repasser.

– Tu veux du café ?

– Non merci. Je vais te tenir un peu compagnie.

– Aujourd'hui j'ai tout chamboulé dans la maison.

– Qu'est-ce qui t'a pris ?

– J'étais énervée. Je ne sais pas ce qui t'a bouleversé hier soir quand on a failli avoir un accident, mais j'ai compris que c'est lié à nos amies.

– Avec deux d'entre elles. Tassia n'est pas dans le coup.

Elle pose son fer.

– Depuis que nous avons rencontré Aryiro, Kalliopi et Tassia, je suis mêlée malgré moi à tes affaires professionnelles. Et tu sais que j'ai horreur de ça. Mais hier soir j'ai soupçonné que je n'étais pas seule à y être mêlée, que mes amies l'étaient aussi. Si tu me dis que je me trompe, je serai folle de joie.

– J'aimerais bien, mais je ne peux pas, hélas.

– Ce sont elles qui ont tué ? s'écrie-t-elle, terrifiée.

– Doucement, ce n'est pas sûr.

Je lui expose mes soupçons, culminant avec le mensonge d'Aryiro et Kalliopi. Adriani ne dit rien, reprend

243

le fer et se met à repasser avec fureur. La voyant bouleversée, je cherche quelque chose à lui dire.

– Si ça peut te consoler, ma position à moi est plus difficile encore.

– Pourquoi ?

– Au fond de moi je prie pour que tes amies ne soient pas mêlées au meurtre. Mais si c'est le cas, je me retrouverai dans le noir total et comment ferai-je pour démasquer les coupables ? Donc je suis pris entre deux feux.

Elle s'arrête de repasser.

– Je peux te demander une faveur ?

– Dis-moi.

– Allons dîner ce soir quelque part. Tous les deux. Si je reste ici, je vais devenir folle. Toi, ça t'a pris hier soir et tu n'as pas fermé l'œil. Moi, ça m'a rongé toute la journée et ce soir ce sera mon tour.

– Où veux-tu qu'on aille ?

– Inothira, ça te dirait ? Tu aimes bien manger là-bas toi aussi.

Je n'ai aucune objection et, avec la Seat, Kessariani est à deux pas de chez nous. C'est une belle soirée et nous dînons dehors, derrière l'église.

Je cherche un sujet qui chasse les pensées désagréables. Je tombe naturellement sur notre petit-fils. Elle me parle des habits de bébé qu'elle va devoir acheter peu à peu. Puis elle passe à la chambre de l'enfant dans le futur appartement.

Quand arrivent la salade aux artichauts et aux fruits de mer, puis les anchois marinés, qu'elle adore, elle commence à se calmer. Je veille à ce qu'elle boive quelques verres de vin, pour se détendre et mieux dormir ensuite.

37

Mon père disait que les mauvaises nouvelles tombent comme la grêle et les bonnes viennent au compte-gouttes. La première nouvelle de la journée me laisse croire qu'il sera démenti.

J'entre dans mon bureau lorsque Vellidis m'appelle.

– Nous avons découvert le pseudo de Terzidi sur Facebook.

– À savoir ?

– Couturière. Elle en a écrit des tartines sur les trois meurtres. J'imprime ça et je te l'envoie.

Terzis, c'est le mot « tailleur » en turc. Je connais un peu cette langue, de nombreux Turcs étant restés en Épire après Ali Pacha.

Koula n'est pas au bureau ce matin, ce qui veut dire que la séance photos est encore en cours. J'appelle mes adjoints et leur résume la situation, pour occuper ce temps mort et chasser mon angoisse.

– Ce Roupakidis, un sacré coup de bol, commente Askalidis.

– Le premier coup de bol, ç'a été la discussion des trois femmes devant l'épouse du commissaire, répond Dermitzakis.

Un des collaborateurs de Vellidis m'apporte les interventions imprimées d'Aryiro sur Facebook. Je les donne à Dermitzakis.

– Partagez-vous tout ça pour gagner du temps. Laissez tomber tout ce qui ne concerne pas les trois meurtres.

Cinq minutes plus tard, voici Koula qui annonce la deuxième bonne nouvelle.

– Ça y est, nous avons Kalliopi. On a eu un peu de mal, elle ne sortait pas de chez elle. On est en train de développer les photos.

J'appelle Dimitriou.

– Nous en avons de face, de profil, de dos, tout ce qu'il faut.

– Elles seront prêtes dans combien de temps, pour qu'on les montre au témoin ?

– Deux heures au plus. Je vous préviendrai.

– Très bien. Envoie-m'en quelques-unes, pour le dossier.

– Je vous propose de faire venir le témoin chez nous. On a les moyens techniques permettant de bien voir. S'il ne voit que des tirages, sa déposition sera moins crédible et il pourrait se rétracter demain.

Je suis d'accord et j'appelle Dermitzakis.

– Dis au témoin que tu passeras le prendre dans deux heures environ pour l'emmener à l'Identité judiciaire, où il verra les photos de Terzidi et Zafiratou. Nous voulons qu'il nous dise si c'est elles qu'il a vues dans la voiture de Kostopoulos. Tu as de l'expérience, tu sauras comment t'y prendre.

– Ne vous en faites pas. S'il s'agit bien d'elles, on le saura.

Je ne peux contrôler mon impatience, pour deux raisons. D'abord, je pressens que nous arrivons au bout de notre enquête et je m'en réjouis, même si les coupables doivent être des personnes de connaissance. Ensuite, je ne sais quelle sera la réaction d'Adriani et je m'inquiète.

Dermitzakis revient au bout d'une heure. Les photos sont prêtes et il va chercher le témoin.

Mon angoisse grandit, mais Askalidis l'interrompt en apportant la version imprimée des commentaires d'Aryiro sur Facebook.

– Oui, son compte est plein de commentaires sur les trois meurtres, mais je suis tombé sur une entrée qui pourrait l'innocenter. Je voudrais que vous la lisiez.

Je lis : « Les trois professeurs auxquels les auteurs dédient leurs crimes étaient sans doute de grands savants très désintéressés, mais je crois qu'il y a là une grande injustice. De nombreux professeurs, aujourd'hui encore, luttent pour maintenir en vie les universités. Eux aussi méritent nos louanges, comme les anciens. »

Je relis ce commentaire, puis je regarde la date. Il date d'il y a trois jours.

– Non seulement cela ne l'innocente pas, mais mes soupçons augmentent.

Je lui raconte ma rencontre avec Demertzis, sa remarque sur le combat des professeurs d'aujourd'hui, que j'ai rapportée ensuite aux trois dames. Et j'ajoute :

– Elle a écrit son commentaire après.

Un sifflement de surprise échappe à Askalidis.

– Eh bien, elle n'a peur de rien.

– Vous avez repéré autre chose ?

– Rien de spécial, à part des discussions avec d'autres utilisateurs sur la misère des universités.

Bientôt, me dis-je, nous n'aurons plus besoin d'enquêter sur le terrain. Pour découvrir le coupable, nous lirons les commentaires sur Facebook. Kalliopi vit dans un autre monde. Le marc de café, alors qu'on a

Facebook ? C'est une vraie passion : on veut tellement attirer l'attention, que les assassins écriront « regardez ce que j'ai fait », photos à l'appui, pour gagner des likes. Alors je devrai démissionner, moi qui ne connais rien à Facebook.

Dermitzakis est bientôt de retour.

– Le témoin les a reconnues. Il dit qu'il n'est pas totalement sûr, évidemment, il les a à peine aperçues.

– Tant pis. Le cheveu que nous avons trouvé sur le siège devrait nous être utile. Où est le témoin ?

– Dans le bureau des interrogatoires.

– Rappelle-moi son nom.

– Kyriakos Dimoulis.

– Viens avec moi.

Koula nous rejoint, munie de son ordinateur. Je suis devant un homme dans les cinquante ans, assis devant un café.

– Monsieur Dimoulis, on vous a montré les photos de deux femmes. Vous avez reconnu celles qui se trouvaient dans la voiture de Kostopoulos ?

Il hésite.

– Écoutez, très sincèrement, et pour éviter tout malentendu, je suis pratiquement sûr pour la femme assise à l'arrière. Pour l'autre, j'ai quelques doutes, car elle était en partie cachée par Kostopoulos.

Je pose devant lui les deux photos.

– Laquelle des deux était à l'arrière ?

Il les regarde attentivement, puis montre Kalliopi.

– Je vous remercie. Vous allez signer votre déposition, puis vous pourrez partir.

Rentré dans mon bureau j'appelle le sous-chef.

– J'aimerais avoir très vite deux mandats de perquisition.

Et je lui donne les noms de Terzidi et Zafiratou.

– Donc tout est bien qui finit bien ?

– À mon avis nous sommes tout près du but, quelques zones d'ombre mises à part. Si vous le jugez bon, nous pouvons informer le ministre.

– J'en parle au chef et je vous rappelle.

Il le fait cinq minutes plus tard.

– Nous vous attendons tous avec impatience. Le ministre a annulé une réunion.

Je reprends le chemin du ministère. J'ai l'impression d'être une ligne de bus entre Alexandras et Katehaki. À cela près que j'arrive avant le bus, la route étant dégagée, à part un petit embouteillage dans le passage souterrain de l'avenue Mesoyion.

Je gagne directement le bureau du sous-chef. Le personnel me connaît désormais, on me dit bonjour et on me fait entrer sans que j'attende.

– Le ministre est ravi, me dit le sous-chef. Venez, il nous attend.

Dans le bureau du ministre toutes les portes sont ouvertes. Nous passons dans la salle de réunion où le chef nous attend. Bientôt le ministre fait son entrée.

– J'écoute les bonnes nouvelles, dit-il.

Je rapporte les derniers événements.

– Elles sont bonnes, en effet, conclut-il. Mais dites-moi ce que vous attendez de la perquisition.

– Nous n'avons pas les armes des crimes. Notez bien, ce ne serait pas la première fois qu'elles manqueraient. Les criminels les font souvent disparaître.

– Dans le cas présent, l'inexpérience des auteurs nous laisse un petit espoir, intervient le chef.

– Je ne m'attends pas à trouver la barre de fer ou le couteau, dis-je, mais si nous trouvions l'un des poisons, par exemple, cela aiderait beaucoup pour l'enquête.

– Je vous souhaite bonne chance, dit le ministre en se levant.

Le chef propose que nous passions par son bureau, les mandats de perquisition étant peut-être arrivés. À ma grande joie ils nous y attendent, et je quitte les lieux provisoirement.

38

Toute l'équipe est rassemblée dans mon bureau. Je donne les mandats de perquisition à Dermitzakis et charge Koula de prévenir l'Identité judiciaire, qu'elle se tienne prête.

– Amenez-moi Aryiro Terzidi, dis-je à Dervisoglou et Askalidis. Et toi, Dermitzakis, prends un agent avec toi et va chercher Zafiratou. Si elles demandent pourquoi on les convoque, vous direz qu'on veut les interroger sur les trois meurtres. Si l'une des deux refuse de venir, vous direz que vous attendez des renforts pour faire d'abord la perquisition.

Ils sont prêts à s'élancer, mais je les arrête.

– Je n'ai pas fini ! Quand vous les aurez amenées, c'est vous qui commencerez l'interrogatoire. Si elles vous demandent où je suis, vous répondrez que c'est vous qui enquêtez. Vous me tiendrez au courant, que je sache quand apparaître. Avant de m'en occuper, je veux les éprouver nerveusement.

Ils s'en vont, mais Koula revient bientôt pour m'annoncer que l'équipe est prête et attend le feu vert.

Je me prépare à patienter, mais Vellidis m'appelle.

– On a trouvé le pseudo de Kalliopi Zafiratou.

– Alors ?

– Pythie.

En toute simplicité.

– Toute mon équipe est en déplacement, je peux monter, qu'on lise Facebook ensemble ?

– Ce serait bien. Si je confie la tâche à l'un de mes hommes, il ne saura pas où chercher.

Je monte à son bureau. Nous allons d'abord au commentaire d'Aryiro sur l'injustice faite aux professeurs actuels. À la même date, sur le Facebook de Kalliopi, aucune réaction.

Ensuite nous cherchons ce qui suit le moment où Tassia a évoqué le passé des deux femmes devant Adriani. Vellidis trouve l'endroit et me tend la feuille.

– Il y a une question curieuse qui peut t'intéresser.

En fait il y a là deux questions de Kalliopi, qui en disent long. « Elle ne pouvait donc pas tenir sa langue, celle-là ? Avait-elle besoin de dire à notre amie où nous avons travaillé ? »

– Bingo, dis-je à Vellidis.

– À ce point-là ?

Je lui explique et il rit.

– Bingo, peut-être. Chez moi, on appelle ça un coup de cul.

Je regagne mon bureau avec les pages imprimées et demande à Koula une copie du Facebook de Terzidi. À la même date, aucune réaction non plus. Tout porte à croire qu'Aryiro, plus maligne, n'a pas voulu donner suite.

Un peu plus tard, Askalidis revient.

– Elles sont dans le bureau des interrogatoires.

– Elles ont résisté ?

– Terzidi a un peu râlé. Le genre « je ne sais rien », « le commissaire est un ami, il aurait pu m'interroger lui-même ». Nous lui avons expliqué que c'est un interrogatoire officiel et que les amitiés personnelles n'ont rien à voir. Elle est montée en voiture avec une tête d'enterrement.

– Vous avez parlé de l'enquête ?

– On n'a pas eu besoin.

– Commencez à les cuisiner et envoie-moi Dermitzakis.

Celui-ci m'apprend que Kalliopi Zafiratou l'a suivi sans résistance.

– Tu es le plus expérimenté. Quand tu jugeras que le moment est venu, viens me chercher.

Je me demande dans quel ordre poser mes questions. Quand les relations personnelles s'en mêlent, tout devient plus difficile.

Une heure s'écoule avant le retour de Dermitzakis.

– On ne les interroge pas, on les énerve ! Elles sont furieuses toutes les deux. Terzidi menace de partir.

Le moment est venu d'entrer en scène. Je prends avec moi le Facebook de Kalliopi imprimé.

Elles sont assises, collées l'une contre l'autre. De l'autre côté de la table, Askalidis et Dervisoglou flanqués de Koula et de son ordinateur.

Me voyant, Aryiro se lève d'un bond.

– Enfin, tu nous honores de ta présence. Il fallait vraiment que tu nous envoies tes subordonnés pour nous taper sur les nerfs ?

Je m'assois à la table et les regarde sans répondre. Je dis à Dervisoglou et Askalidis que je n'ai plus besoin d'eux et ne garde que Dermitzakis.

Puis je me tourne vers les deux dames et dis froidement :

– Ceci est un interrogatoire officiel qui doit être mené dans les règles, car tout sera enregistré. Par conséquent, je vous appellerai mesdames Zafiratou et Terzidi, et je serai pour vous monsieur le commissaire.

Elles restent figées, puis se regardent. Aryiro veut parler, mais se retient. Elle attend de voir venir.

– D'abord, pourquoi m'avez-vous caché si longtemps que vous avez travaillé dans l'administration à l'université ? Vous, madame Terzidi, à la faculté des lettres, et vous, madame Zafiratou, en sciences économiques ?

Aryiro ne laisse pas à Kalliopi le temps de répondre.

– On n'y a même pas pensé. L'université, pour nous, c'est du passé.

– Nous avons pris notre retraite il y a très longtemps, ajoute Kalliopi.

– Il n'y a pas si longtemps. Mme Terzidi en 2005 et vous peu après. Je n'ai pas la date exacte, mais il nous suffit d'un coup de fil pour l'apprendre.

Elles se regardent.

– D'accord, mais ce n'était pas l'an dernier non plus, dit Kalliopi.

– En tout cas, parler de la nuit des temps à ma femme, c'était exagéré. Vous avez eu le temps de connaître au moins deux des professeurs assassinés, Arkontidis et Kostopoulos. Mais vous ne m'en avez rien dit, alors que cela aurait pu aider l'enquête.

– Nous ne sommes pas de la police, dit Aryiro, et nous n'y avons pas pensé. Désolées.

– Vous n'êtes pas de la police, mais après chaque meurtre vous êtes venues me bombarder de questions sur l'enquête de la police. Coïncidence ?

– Ce n'était pas nous, mais Tassia Anghelidou, proteste Kalliopi. Elle adore les énigmes policières.

– Si je convoque Mme Anghelidou et que je vous confronte, elle nous dira, j'en suis sûr, que vous l'avez poussée à me questionner.

– Ça, c'est mesquin, dit Kalliopi, l'air offensé.

– Je la convoque ?

Pas de réponse. Je continue.

– Il y a autre chose.

Et je mets sous les yeux de Kalliopi sa page Facebook imprimée. Elle la regarde sans un mot, tandis que je lis tout haut :

– « Elle ne pouvait donc pas tenir sa langue, celle-là ? Avait-elle besoin de dire à notre amie où nous avons travaillé ? »

Je surprends le coup d'œil furieux d'Aryiro à Kalliopi.

– Voilà qui prouve sans contestation que vous ne vouliez pas me révéler votre passé professionnel.

Pas de réponse non plus.

– Découvrir qui se cachait derrière les pseudonymes, dis-je avec un sourire, c'était facile pour nos services.

Elles sont soudain effondrées. Elles n'osent même pas lever les yeux vers moi. Dermitzakis et Koula, eux, me jettent un regard de connivence.

– Passons à une autre question. Madame Terzidi, quelles étaient vos relations avec Aristotelis Arkontidis ?

Aryiro, qui semble apprécier qu'on change de sujet, retrouve sa vivacité.

– Il était alors maître de conférences. Strict et renfermé. Je ne le connaissais pas bien, comme tout le monde en fait. Il tenait ses collègues et l'administration à distance.

Je me tourne vers Kalliopi.

– Et vous, quelles relations aviez-vous avec Stelios Kostopoulos ?

– Les relations formelles d'un membre de l'administration avec un professeur.

– Alors pouvez-vous m'expliquer ce que vous faisiez toutes les deux dans la voiture de Kostopoulos le soir du meurtre, juste avant celui-ci ?

Elles sont sidérées. Le reste, elles s'y attendaient depuis la gaffe de Tassia. Mais leur présence dans la voiture ?

– Pas de chance pour vous. Un voisin qui passait en voiture a vu la victime dans sa Toyota en compagnie de deux femmes. Nous lui avons montré des photos de vous et il vous a reconnues. Mme Terzidi était assise à l'avant et Mme Zafiratou derrière le conducteur. Peu après, Kostopoulos tombait mort, tué par une injection de cyanure dans le dos. De plus, nous avons trouvé un cheveu sur le siège avant. Si nous le comparons à l'un des vôtres, nous sommes sûrs de retrouver votre ADN. Acceptez-vous de parler maintenant ?

Aryiro, qui a plus de répartie, se lance :

– C'est simple. La fille d'une amie voulait faire un master avec Kostopoulos et j'ai demandé à Kalliopi de m'accompagner quand j'irais lui parler.

– C'est elle qui a appelé le secrétariat pour connaître l'horaire de Kostopoulos ?

– Peut-être. Je ne sais pas.

– Nous perdons du temps inutilement, mesdames. Il n'y a aucun doute : l'injection de cyanure a été administrée par Mme Zafiratou, assise à l'arrière, tandis que Mme Terzidi occupait la victime en lui parlant de la fille d'une amie. Aucun doute non plus quant au gâteau, que l'une d'entre vous a confectionné pour Klearkos Rapsanis. Sa boulimie était de notoriété publique. Le gâteau a été déposé par une jeune fille à vélomoteur. Celle qui voulait faire un master ?

– Mais qu'est-ce que vous racontez ? D'où vous vient cette idée ? Vous êtes pire que vos subordonnés.

– Ne jouons pas à cache-cache. C'est sûr, vous avez des complices. On a déposé le gâteau chez Rapsanis. On a téléphoné pour avoir les horaires de Kostopoulos. Un jeune homme en vélomoteur a été vu dans les parages avant le meurtre. Nous savons qu'un deux-roues a heurté Arkontidis par-derrière avant qu'il soit frappé par une barre de fer et un couteau. Il n'est pas exclu que le jeune homme soit non seulement un complice, mais l'assassin.

— Mais c'est du délire ! s'exclame Aryiro.

— Nous pouvons facilement vérifier si c'est du délire. Il suffit d'éplucher tous les appels sur vos portables. J'ajoute qu'un mandat de perquisition nous autorise à saisir vos ordinateurs et les fouiller systématiquement.

Un silence. Elles échangent des regards. Puis Kalliopi se tourne vers moi.

— Pouvez-vous nous laisser seules un instant, monsieur le commissaire ?

— Tout à fait seules, non, je n'en ai pas le droit. Mme Volari restera dans un coin de la pièce. Si vous chuchotez entre vous, elle ne vous entendra pas.

Dermitzakis et moi sortons et restons derrière la porte. Il soupire.

— C'est l'affaire la plus folle que j'aie vécue depuis que je travaille avec vous, monsieur le commissaire. J'ai vu les criminels les plus incroyables, mais là, deux retraitées bien comme il faut qui tuent trois professeurs, je n'aurais jamais cru ça possible. Nous pouvons être fiers : la Grèce est à l'avant-garde une fois de plus !

Cinq minutes plus tard la porte s'entrouvre et Koula passe la tête.

— Vous pouvez venir.

Aryiro prend la parole.

— Il est temps d'en terminer avec cette histoire, monsieur le commissaire. En fouillant mon appartement, vous trouverez dans le placard sous l'évier de la cuisine un sac de toile. Il contient le reste du parathion et du cyanure. Vous trouverez aussi la barre de fer et le

257

couteau, avec mes empreintes digitales sur l'un et celles de Kalliopi sur l'autre. Nous avons agi toutes les deux, sans complices. Madame peut rédiger notre déposition et nous la signerons.

— Et la jeune fille qui a déposé le gâteau ? demande Dermitzakis.

— Une jeune fille qui passait par là. Je lui ai donné cinquante euros pour faire la commission. Je ne sais rien d'elle.

— La femme qui a téléphoné pour avoir les horaires ?

— Aucune idée.

— Le jeune homme qui a poussé Arkontidis ?

— Je ne l'ai pas vu, répond Aryiro. C'est moi qui ai frappé par-derrière avec la barre de fer, et Kalliopi a donné le coup de couteau.

Je comprends qu'elles veulent épargner leurs complices. Nous aurons bien du mal à les trouver. Elles ont sans doute pensé à effacer de leurs portables les numéros gênants.

Je confie les deux femmes à Dermitzakis pour la prise des empreintes et rejoins mon bureau.

39

L'attente me tape sur les nerfs. Je suis sûr que nous trouverons ce qu'Aryiro nous a promis, mais entre la certitude et la confirmation, il y a un pas.

J'ai presque perdu la notion du temps lorsque Dermitzakis arrive tout souriant.

— On a tout trouvé ! L'Identité judiciaire est en train de comparer les empreintes.

— Et les deux femmes ?

— On les a ramenées à la salle des interrogatoires pour achever la déposition.

— Très bien. Envoie Koula. Cette fois je vais les interroger seul. Je veux apprendre leurs mobiles et elles se livreront davantage sans doute en ne parlant qu'à moi.

Assises l'une à côté de l'autre, elles chuchotent. Par moments un sourire leur échappe. Je les observe depuis la porte et je me demande si elles ne se rendent pas compte de ce qui les attend, ou si elles s'en fichent.

Je m'assois en face d'elles.

— Vous avez avoué, on a trouvé les objets, la partie officielle est terminée. Nous pouvons donc passer à une discussion plus personnelle. Pourquoi avez-vous fait ça, les filles ?

Ce ton familier inattendu les fait sursauter.

— Tu le lui dis, Kalliopi ?

– Non, vas-y.

Aryiro se tourne vers moi en riant.

– Tout est de la faute aux Allemands.

– Aux Allemands ? Encore ? Qu'est-ce qu'ils vous ont fait, les Allemands, pour vous amener à tuer trois personnes ?

– Pas la faute aux Allemands en général, mais à ceux qui ouvraient leurs ailes en haut du mont Astrakas.

Je reste sans voix. Koula cesse de taper, les yeux exorbités.

– Il faut que je t'explique, mon cher Kostas, dit Aryiro. Tu te rappelles ce matin à Papingo, quand nous avons vu un homme-oiseau planer au-dessus de la montagne ?

– Bien sûr.

– Tu te souviens aussi que le même soir, en dînant avec le groupe des Allemands, nous nous sommes aperçus qu'ils étaient tous universitaires et qu'ils allaient rentrer le lendemain en Allemagne et reprendre leurs cours ?

– Oui, je me souviens

– Kalliopi et moi dormions dans la même chambre. Ce soir-là nous avons discuté. Nous nous sommes dit, tu vois, ces professeurs allemands, l'été ils vont en montagne, ouvrent leurs ailes, deviennent des oiseaux artificiels, ils volent et sont heureux. Les nôtres, à la première occasion, ouvrent leurs ailes aussi, délaissent leurs étudiants et leurs cours, deviennent des ministres artificiels dans leurs fauteuils ministériels éjectables. Si nos Allemands atterrissaient non pas sur une pente, mais dans un fauteuil de ministre, la porte de l'université se fermerait pour eux à jamais. Les nôtres, après leur envol ministériel, atterrissent dans leur université et reprennent comme si de rien n'était. Kalliopi s'est écriée : « Ça n'existait pas de notre temps, il faut que ça cesse ! » J'ai répondu : « Ne te fais pas d'illusions, ça ne va pas s'arrêter tout seul. Il faut que certains meurent pour que les autres aient peur et réfléchissent. C'est le seul moyen que ça s'arrête. » On s'en est tenues là. Comme tu le sais, j'habite au rez-de-chaussée et j'ai une cour intérieure avec des fleurs et des plantes. J'ai toujours du parathion contre les insectes. Le lendemain de notre retour, j'ai exposé à Kalliopi mon projet de gâteau empoisonné. Elle m'a d'abord traitée de folle, mais j'ai insisté, disant qu'il n'y avait pas d'autre solution pour que l'université redevienne comme avant. Le reste, tu le connais, Kostas.

– D'accord, mais pourquoi Rapsanis ? Tu étais en lettres, Kalliopi en sciences économiques et lui en droit…

– Pour deux raisons. La première : toute la communauté universitaire savait que Rapsanis était un goinfre et qu'il ne résisterait pas à la tentation.

– Et la seconde ?

– Quand j'étais encore étudiante, Ioannis Theodorakopoulos était une légende à la faculté des lettres. Je ne l'ai pas eu pour professeur, mais je suis allée à trois de ses conférences après sa retraite. L'entendre parler de Platon, c'était divin. Un jour, lors d'une discussion entre professeurs, j'ai entendu Rapsanis dire que les commentaires de Theodorakopoulos sur Platon étaient valables à son époque, mais dépassés aujourd'hui. Il était si méprisant que ça m'a dégoûtée. Un nain boulimique regardait de haut un géant de la pensée. Voilà pourquoi j'ai voulu dédier sa mort à Theodorakopoulos.

– Et Arkontidis ?

– Arkontidis était un puits de science. Tous ses étudiants adoraient ses cours, surtout ceux sur l'école de l'Heptanèse. Certains disaient qu'il était digne du grand Yeoryos Zoras. L'amphithéâtre était comble et il avait beaucoup de thésards. Et voilà qu'il abandonne tout le monde pour devenir quoi ? Sous-secrétaire d'État. Même pas ministre. Mais j'aurais dû m'y attendre, en le voyant si proche des organisations partisanes de l'université. J'ai connu plus tard ses activités en Italie. Mais est-ce possible d'étudier dans la même université que Solomos et Foscolo et de se retrouver sous-secrétaire d'État ? J'espère que Zoras s'est réjoui quand nous lui avons dédié la mort de ce type.

Dans sa folie, ses arguments ont leur propre logique.

– Pour ce qui est du mobile, vous m'avez convaincu. C'est l'exécution qui me pose problème. Comment deux femmes de votre âge ont-elles pu renverser un homme solide, un sportif ? Vous aviez sûrement un complice.

– Je vais t'expliquer, Kostas. On l'attendait dans le parc. À son passage, nous l'avons salué en lui souriant. Dès qu'il nous a dépassées, j'ai couru derrière lui et l'ai frappé sur le crâne avec la barre de fer. Il s'est arrêté, mais sans tomber. J'ai frappé de nouveau et il s'est écroulé. J'ai donné un troisième coup pour être sûre. Il avait déjà perdu conscience et Kalliopi lui a enfoncé le couteau dans le dos, à la place du cœur.

– Et le jeune homme à vélomoteur ? Nous avons trouvé des traces de roues sur le lieu du crime.

– Je ne sais pas de quoi tu parles. Nous étions absolument seules.

Elles s'obstinent à couvrir leurs complices. Nous n'en apprendrons pas davantage.

Je me tourne vers Kalliopi.

– Et Kostopoulos ? Vous l'avez tué parce qu'il avait réintégré l'université ?

– Exactement.

– Comment êtes-vous entrées dans sa voiture ?

– Enfin une bonne question, répond-elle dédaigneusement. Je connaissais son numéro de portable depuis le temps du secrétariat. Il était alors maître assistant. Je l'ai appelé pour lui parler du fils d'une amie qui voulait faire son master avec lui. Il m'a dit qu'à l'université il était débordé, que ce soir-là il avait un dîner en ville, mais que nous pouvions nous rencontrer près de chez lui. À son arrivée, nous sommes montées dans sa voiture. Aryiro s'est assise devant pour parler de son fils et tandis qu'ils discutaient, j'ai injecté le poison. Puis nous sommes descendues et avons pris un taxi.

Et elle ajoute avec un sourire :

– Nous n'avions pas prévu le passage de l'autre voiture, mais dans la vie rien ne se passe comme prévu.

Je n'ai pas d'autres questions. Je me lève.

– Koula va vous faire signer vos dépositions. Je voulais simplement vous dire que pour la première fois je mène à bien une enquête en n'étant pas du tout content.

– Ne t'en fais donc pas, dit Kalliopi. On ne t'en veut pas. Chacun de nous a fait son devoir, et ces devoirs étaient en conflit.

– Mais nous voudrions te demander une faveur, dit Aryiro.

– De quel genre ?

Je pense à Adriani, mais je me trompe.

– On voudrait aller dans la même prison. Nous sommes deux vieilles filles retraitées, Kostas. Notre solitude est donc double. Si on nous met dans la même prison, nous serons moins seules. Et nous pourrons peut-être aider les autres détenues. Imagine le succès de Kalliopi avec son marc de café.

263

– Jusqu'au procès, de toute façon, vous serez ensemble à Korydallos. Je veillerai à ce que vous soyez dans le même secteur.

– Et après le procès ? demande Kalliopi. Car nous serons condamnées à perpétuité, aucun doute.

– Là, c'est le ministère de la Justice qui décide, mais je vais voir ce que je peux faire.

Aryiro bondit et me fait une bise.

– Merci, mon cher Kostas. Et demande pardon à Adriani de notre part. Dis-lui que nous l'aimerons toujours.

C'est là l'enquête la plus atypique de toute ma carrière. Je rejoins mon bureau avec des sentiments mêlés, entre le plaisir d'avoir résolu une affaire difficile, même si tout paraît simple après coup, et la tristesse d'envoyer en prison deux femmes avec qui nous avons passé de bons moments. Ce qui me console un peu, c'est que connaissant leur caractère, je pense qu'elles ne seront pas trop malheureuses en prison.

J'appelle le sous-chef, qui me félicite et me rappelle cinq minutes plus tard. Le ministre souhaite me voir.

Me rendre au ministère est la dernière chose dont j'aie envie. Je pourrais prendre une voiture de patrouille, mais non : je rentrerai ensuite chez moi.

Pendant tout le trajet, je ne pense qu'à Aryiro et Kalliopi, au point d'oublier la circulation.

Je suis attendu par le sous-chef, le chef et le ministre.

– Félicitations, me dit le chef dès qu'il me voit, et il me serre la main.

– Je vous écoute avec impatience, dit le ministre.

Je leur fais un rapport détaillé.

– Nous pouvons donc annoncer aux médias le dénouement de l'enquête, conclut le ministre.

– Oui, et je pense que l'annonce doit venir de vous, monsieur le ministre. Deux ministres en exercice et un ancien ministre sont impliqués. Mais si les journalistes veulent davantage d'informations, ils peuvent s'adresser à moi. Je vous envoie demain un rapport circonstancié.

– Je pense que monsieur le commissaire a raison, dit le chef.

Après une dernière salve de félicitations, je me retrouve dans la Seat, tout joyeux de mon succès, mais sachant qu'à la maison une soirée difficile m'attend.

40

Je n'ai pas la force de tenir le coup face à Adriani. Si elle explose et crie, je ne suis pas sûr de pouvoir garder mon calme et donner les explications nécessaires.

Dans l'épreuve, il est normal d'appeler à l'aide. En l'occurrence, une seule personne peut m'aider : Zissis. Je passe par le refuge pour le prier de venir avec moi. Nous nous asseyons à une table et je lui raconte la fin de l'histoire. Il m'écoute sans m'interrompre. C'est l'un des aspects curieux de cette enquête : tout le monde m'écoute sans m'interrompre. Je ne sais si c'est dû au fait qu'avec le temps j'ai appris à mieux raconter ou au côté palpitant de l'affaire. Je penche pour la seconde hypothèse.

– Je voudrais que tu viennes avec moi, dis-je enfin. Si tu es là, elle se retiendra peut-être.

– Donne-moi une minute, que je laisse des instructions, et je viens.

Un quart d'heure plus tard nous sommes chez moi. Adriani fait une bise rapide à Zissis, puis se tourne vers moi, pleine d'angoisse.

– Tout va bien ?

– On peut parler devant Zissis. Il est au courant.

Nous la suivons dans le séjour. Je lui rapporte ma rencontre avec les deux femmes, l'épilogue sur la prison

266

mis à part. Elle m'écoute les yeux fixés sur le mur au-dessus de la télévision. Quand j'ai fini, elle reste silencieuse, le regard fixe. Je me tourne vers Zissis, qui me fait signe d'attendre.

Bientôt Adriani se tourne vers moi.

– Mais enfin, quel culot !

Sa voix, presque inaudible.

– Quelles brutes ! On fait ami-ami, on passe les vacances ensemble, on se revoit ici, on ne se quitte plus, tout ça par hypocrisie, pour être plus près du commissaire qui mène l'enquête ?

– Quand nous nous sommes connus elles n'avaient pas l'intention de tuer. L'idée leur est venue des Allemands, je te l'ai dit.

Elle me regarde comme si j'étais un arriéré mental.

– Tu es un bon policier, Kostas, mais quelle naïveté !

Sa voix monte soudain de plusieurs tons, elle explose.

– Des Allemands, tu parles ! Tu as cru à ce bobard ? Tout était programmé d'avance et elles ont recherché ton amitié. Et Tassia, dans tout ça ?

– Aucun rapport. La naïve, c'est elle. Si elle avait été dans le coup, elle n'aurait pas posé la question qui a perdu ses amies.

– Demain j'appellerai Maria à l'auberge, pour qu'elle me dise si elles savaient que nous viendrions quand elles ont retenu leurs chambres.

C'est là que Zissis intervient.

– Adriani, ne cherche pas à savoir. Elles ont été hypocrites, d'accord. Tu peux les traiter de brutes, d'accord aussi. Mais à quoi bon savoir ? Elles sont prises et ça suffit.

– C'est une trahison, Lambros ! s'écrie-t-elle hors d'elle-même. Elles nous ont trahis !

– C'est à moi que tu parles de trahison ? dit-il tranquillement. J'ai passé la moitié de ma vie à chercher des traîtres parmi mes camarades. La peur de la trahison t'amène à voir partout des traîtres. À la fin tu te méfies de tous tes amis. J'en sais quelque chose. Et puis tu sais quoi ? Les traîtres, de notre temps, vous et nous, on les exécutait. Et on a tué ainsi beaucoup d'innocents. Aujourd'hui vos deux anciennes amies sont en prison et vont être jugées. S'il y a un traître dans l'histoire, c'est votre amie qui a dévoilé leur passé. Elles ont été trahies, pas toi.

Ma reconnaissance à Zissis, et mes félicitations à moi-même qui ai pensé à l'amener.

– Je peux t'assurer qu'elles ne sont pas malheureuses d'aller en prison, dis-je à Adriani.

Elle reste bouche bée tandis que je lui raconte la fin de l'interrogatoire.

– Elles sont folles, balbutie-t-elle. On devrait les enfermer dans un asile.

– Je ne suis pas sûr qu'elles s'y trouveraient mieux qu'en prison.

– Tu peux les trouver folles, dit Zissis. Moi je dirais qu'elles ont des principes. Et ces principes les ont menées à la catastrophe. Ils sont comme ça, les principes, Adriani. Ils te mènent souvent au désespoir, puis à la chute.

Soudain Adriani saute sur ses pieds. On la dirait transfigurée.

– Lambros, ne t'en va pas. Je vais à la cuisine préparer quelque chose et on va manger tous ensemble.

– Tu vas faire la cuisine à une heure pareille ? dis-je. Allons au restaurant.

– J'ai un gigot de chevreau. Je n'ai pas le temps d'éplucher des pommes de terre, mais avec des pâtes ce sera prêt dans une heure. Il nous reste des petits pois d'hier. Et vous, allez acheter une bouteille de vin.

– Cuisiner à une heure pareille ? Par moments je ne comprends pas ma femme.

Je fais cet aveu à Zissis pour la première fois.

– C'est ça la différence, dit-il.

– Quelle différence ?

– Les deux anciennes travailleuses ont tué pour se défouler. Ta femme au foyer se défoule dans la cuisine. Et toi tu protestes au lieu d'être content de ton sort.

J'en suis content, mais par moments il me tape sur les nerfs.

Facebook mène l'enquête

On attend le premier crime impatiemment, or tout commence par un commissaire Charitos en vacances qui regarde voler des as du parapente. Ces oiseaux humains sont allemands et le lecteur est tenté d'y voir un symbole : l'Allemagne planant dans les hauteurs et la Grèce qui rampe en dessous. On comprendra plus tard, tout à la fin, le pourquoi de cette première scène. Bien malin le lecteur qui l'aura deviné.

Petros Markaris, qui traduisit jadis Brecht et le *Faust* de Goethe, aime l'Allemagne – ce qui n'est pas le cas de tous les Grecs – et fait jouer aux Allemands, nombreux dans ses histoires, un rôle presque toujours positif. Il aime aussi son pays, mais d'un amour lucide, exigeant. Le portrait de la Grèce d'aujourd'hui qu'il enrichit de livre en livre montre cette fois la grande misère de l'enseignement supérieur en Grèce, frappé par une crise matérielle, due à la crise, mais aussi par une crise morale plus ancienne.

Son héros récurrent, le commissaire Charitos, est confronté une fois de plus à un monde dont il ignore tout, lui qui n'a pas fait de longues études. Il doit aussi affronter les nouvelles technologies, les Twitter et autres Facebook, qui jouent ici un rôle décisif. On le sent fatigué, stressé, plus que jamais sans doute. Est-ce un hasard si l'expression « taper sur les nerfs » revient tel un leitmotiv, jusqu'à la dernière phrase du roman ?

Heureusement il y a comme toujours les repas, savoureux, joyeux, entre amis ou en famille. Laquelle famille va bientôt s'agrandir, puisque la fille bien-aimée du commissaire attend un *heureux événement*, comme on dit. Autre bonheur : cette amitié inattendue, qui se développe lentement de livre en livre, entre Charitos et Zissis le communiste. C'est Zissis, justement, dans la très belle scène finale, qui aura le dernier mot : il ne faut pas chercher à tout savoir, dit-il entre autres – jolie provocation, dans ce monde du polar où à la fin, traditionnellement, tout doit s'expliquer ; et sage recommandation face à trois crimes dont le mobile, clairement énoncé pourtant, restera mystérieux.

Les coupables ? Pour deviner leur identité avant les dernières pages, il faudrait une voyante extralucide…

Journal de la nuit
Jean-Claude Lattès, 1998
et « Le livre de poche », Thriller n° 17161

Une défense béton
Jean-Claude Lattès, 2001

Le Che s'est suicidé
Seuil Policiers, 2006
et « Points Policier », n° P1599

Actionnaire principal
Seuil Policiers, 2009
repris sous le titre
Publicité meurtrière
« Points Policier », n° P2455

L'Empoisonneuse d'Istanbul
Seuil Policiers, 2010
et « Points Policier », n° P4602

Liquidations à la grecque
Seuil Policiers, 2012
et « Points Policier », n° P3123

Le Justicier d'Athènes
Seuil Policiers, 2013
et « Points Policier », n° P3330

Pain, éducation, liberté
Seuil Policiers, 2014
et « Points Policier », n° P4068

Épilogue meurtrier
Seuil Policiers, 2015
et « Points Policier », n° P4461

Je suis un récidiviste
Échoppe, 2017

Offshore
Seuil Policiers, 2018
et « Points Policier », n° P4942

À travers Athènes
Miel des anges, 2019

Trois jours
Seuil, 2019
et « Points », n° P5128

Morts aux hypocrites
Seuil, 2021

RÉALISATION : NORD COMPO À VILLENEUVE- D'ASCQ
IMPRESSION : MAURY IMPRIMEUR À MALESHERBES (45)
DÉPÔT LÉGAL : JUIN 2021 - N° 148016 (254541)
IMPRIMÉ EN FRANCE

Éditions Points

Collection Points Policier

IL EST TEMPS DE FAIRE TOMBER LES MASQUES...

UNE NOUVELLE ENQUÊTE POIGNANTE DU COMMISSAIRE CHARITOS

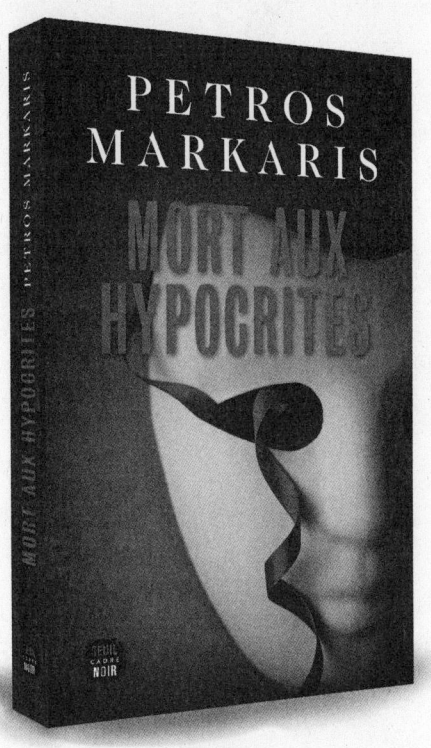